Andrea Weise

Weihnachten - kurz und schmerzlos

Komm mir nicht mit "Fest der Liebe" ...

Andrea Weise

Weihnachten - kurz und schmerzlos

Komm mir nicht mit "Fest der Liebe" …

Bibliografische Information der Deutschen Nationalbibliothek: Die Deutsche Nationalbibliothek verzeichnet diese Publikation in der Deutschen Nationalbibliografie; detaillierte bibliografische Daten sind im Internet über dnb.dnb.de abrufbar.

Herstellung und Verlag: BoD - Books on Demand, Norderstedt

ISBN: 978-3-7557-2695-1

Zuerst einmal …

Ich hoffe, es ist richtig, dich in dem Buch mit „du" anzusprechen.

Dieses Buch ist für dich, ich habe es für dich geschrieben.

Vielleicht ist es dieses Jahr dein erstes Weihnachtsgeschenk? Eventuell hast du es dir auch selbst geschenkt?

Weihnachten - wird oft als Fest der Liebe bezeichnet. Manche überfordert es. Ist es auch Liebe, einfach zum Fest und an Feiertagen in Ruhe gelassen zu werden? Warum überfordert es uns? Ist Liebe nicht das ganze Jahr wichtig und nicht nur zum Fest?
Weihnachten - das ist magisch, sagen manche, und die Weihnachtszeit sei voller Wunder. Nur diese Zeit? Was ist mit dem Rest des Jahres?
„Nächstes Weihnachten machen wir aber mal etwas richtig schönes, ohne familiären Druck und Zwang!" oder: „Dieses Jahr wird alles anders" - hast du dir das nicht auch schon (heimlich) gewünscht und traust dich nicht, es laut auszusprechen, weil man das nicht macht?

Sicher hattest du dabei ein schlechtes Gewissen deiner Familie gegenüber, da es doch als DAS Fest der Familie bezeichnet wird.

Mal ganz ehrlich, sehen wir einmal ab von dem familiären Hype um Weihnachten, oft ist es doch Stress wegen des Kaufzwanges eines Geschenkes, denn die Schenkerei tritt meist in den Vordergrund. Und der Gedanke an das Fest mit diesen Besuchen und dem zwanghaften Lächeln und Nettsein, um das Fest zu einem wahren Höhepunkt im Jahr werden zu lassen, ist aufregend für alle. Klar, manche sehen sich ja auch nur einmal im Jahr, wenn sie weit auseinander entfernt wohnen. Viele werden aber sogar gerade von dieser stressigen Zeit krank, ausgerechnet zu den Feiertagen und man hat sich doch auf Kinder, Enkel usw. gefreut. Stress haftet leider immer mehr sogar an dieser wohl schönen Zeit.

Drängeln und Aufregung bei Geschenkesuche, viele haben Stress in der Küche, um den besten Braten aller Zeiten auf den Festtisch zu bringen. Ist das nicht Irrsinn? Das fragt man sich jedes Jahr und nimmt sich vor, im nächsten Jahr alles anders zu machen und dennoch - wird es meist (fast immer) wieder so.

Das war bis 2019 so. 2020 kam es ganz anders … und wie wird es in diesem Jahr? (Das ist eine zeitlose Frage.)

Vielleicht kann ich dir mit meinem Büchlein etwas „Wunder" oder „Wundern" (nicht nur über Weihnachten, sondern über das gesamte Jahr) mit einem Augenzwinkern bringen. Vielleicht erkennst du dich in den Episoden der einzelnen Menschen hier in diesem Buch auch wieder, eventuell regt es dich zum Nachdenken an. Lese es auf jeden Fall mit einer Portion Humor, einem Lächeln. Lachen ist im Übrigen gesund…

Lachen tut dir gut, entspanne dich, und das nicht nur in der Vorweihnachtszeit und an den Festtagen, versuche es zumindest, egal, was die Familie von dir will… (ist leichter gesagt als getan)…

Und da geht es auch schon los:

Weihnachten ist dieses Jahr am vierundzwanzigsten Zwölften.

Weihnachten ist dieses Jahr am vierundzwanzigsten Dezember. Ha. Nichts Neues. Aber: dieses Jahr - 2021 - wird es anders, ganz anders (!!!), das hat er sich geschworen. Jedes Jahr wieder. Voriges Jahr hatte er ja Ruhe vor seiner buckeligen Verwandtschaft, dem Virus sei Dank. Oh, darf man eigentlich so denken, nein, natürlich nicht. Aber es ist doch wahr, jedes Jahr zu Weihnachten die elende Verwandtschaft, darauf hatte er meist keinen Bock. Und da kam ihm 2020 gerade recht. Besuche durften kaum oder nur mit Abstand erfolgen. Ein Traum für ihn. Er, den man schnell voreilig als emotionslosen Nerd bezeichnen könnte, wüsste man nicht, was wirklich in ihm vorging und weshalb er sich so vor Nähe zu anderen scheute. Am liebsten war er allein in seiner etwas abgedunkelten Zimmerecke, na gut, es war nicht so ganz abgedunkelt, wie man klischeemäßig den Spiele-Nerd vor seinem inneren Auge hat. Aber egal, wie dunkel es im Zimmer um ihn herum war, seine Seele war sicher dunkel, wenn nicht ganz schwarz. So schätzte er sich sogar selbst ein. Er wusste jedoch nicht, wie er dorthin gekommen ist und wie er am Besten daraus wieder herauskam. Im Prinzip war es klar, wie er in diese Miesere gekommen war, denn eins war sicher, wären die Leute um ihn herum nicht so bekloppt, dann, ja dann wäre alles ganz anders.

Er fühlte sich jedoch sehr wohl in seinen vier Wänden, war im Grunde genommen mit sich und der Welt im Reinen. Und zwar so lange, wie man ihn einfach in Ruhe machen ließ. Zum Glück arbeitete er auch von zu Hause aus, freiberuflich, aber sicher war dieser Job dennoch, denn man suchte Spezialisten wie ihn und bot gute Dotierungen, nur, um diese Superlative in Menschengestalt der Computerwelt zu halten und nicht an die Konkurrenz zu verlieren. Er arbeitete gut, dies wurde ihm immer wieder bestätigt und mit den Kollegen und dem Vorgesetzten der Firma hatte er auch keine Probleme, sah er sie ja sowieso kaum, in dieser Coronazeit sowieso nicht, aus Sicherheitsgründen, auch ein Vorteil für ihn und ein Geschenk, egal, woher es auch kam, so sah er es zumindest. Sie fachsimpelten immer noch eine Weile, auch wenn das montägliche Online-Meeting beendet war, ja sie lachten sogar. Lachen konnte er auch herzlich und kleine Späßchen hatte er auch immer auf Lager. Es war nicht unbedingt schwarzer Humor, darüber wunderte er sich selbst manchmal. Ja, er konnte sich sogar selbst reflektieren (etwas, das man jetzt immer öfter vernahm, man solle sich selbst reflektieren, merkwürdig, aber naja, vieles ist merkwürdig, wenn man sich über alles wundern würde, käme man gar nicht mehr zum normalen Leben. Und, was ist überhaupt normal? Kann eh keiner sagen, weil es auch keiner wissen kann, was normal ist und was nicht. Auch was richtig oder falsch ist, darüber sollte man doch lieber schweigen. Es ist halt Ansichtssache, dessen war er sich sicher. Sein Chef hatte neulich die Idee, jetzt im Dezember die diesjährige Weihnachtsfeier vom vorigen Jahr zu wiederholen und zwar in der Form, dass jeder einen Gutschein für eine Supermarktkette bekam, sich also eindecken sollte mit dem, was man gern isst und trinkt und sich doch zu einer Feier in Online-Variante treffen. Ganz ausgezeichnete Idee, fand Oliver, ganz ausgezeichnete Idee! Läuft, könnte man sagen…

Dass das Weihnachtsfest näher rückte, war schon im September, kurz nachdem die Zuckertüten die Supermarktregale verließen, und Platz machten für Stollen, Lebkuchenherzen und Schokomänner, zu sehen. Erster Glühwein im Tetrapack ergänzte da bereits das Angebot. Derzeit, im November, gibt es Adventskalender, die so groß sind wie manche Geschenke selbst zu Weihnachten. Da steigt doch die Vorfreude gewaltig, aber auch die Angst, wieviel man selbst für Geschenke auszugeben hat.

Es war Ende November und bis zum Fest der Feste waren noch gut vier Wochen. Seine Mutter hatte eine Nachricht geschrieben. Irgendwann nach dem Frühstück hatte er sie nochmals gelesen und bis zum Abend müsste er sich noch etwas überlegen, was er darauf antworten könnte. Es war keine Ja-Nein-Frage, die an ihn gerichtet war, es war komplizierter.

Sie wollte außerdem für Weihnachten etwas Besonderes planen, hatte aber noch keine konkrete Idee. Da das letzte Jahr so eigenartig war, müsse es dieses Weihnachten schon richtig gut werden, so sinnierte sie online. Magendrücken plagte ihn beim Lesen heute früh schon, aber gut, es war vielleicht eher der Hunger und das Frühstück somit dringend notwendig.

Sämtliche seiner Gebrauchsgegenstände kamen zu ihm mit dem Lieferdienst. Er musste also zum Einkaufen auch selten auf die Straße. Ständig klingelten Paketdienste an seiner Tür und er bekam die meisten Pakete des Mehrfamilienhauses, in welchem er seit mehreren Jahren in einer kleinen, aber recht gemütlichen Zwei-Zimmer-Wohnung lebte.

Bislang war es zumindest so, dass meist bei ihm die Paketboten läuteten. Doch neuerdings bekam seine

Nachbarin, eine ebenso recht verschlossene (so schien es jedenfalls), ziemlich alte Frau (53, leichte grau-melierte Haare, vom unprofessionellen Selbstfärben sicher etwas unregelmäßig, inwieweit er das beurteilen konnte, so genau starrte er sie ja auch nicht an), auch viele Paketlieferungen. Sie war zwar nett, grüßte immer freundlich, ließ jedoch ihre Tür immer ziemlich laut zuknallen. Vielleicht aus Frust, vielleicht auch, weil sie schon etwas unsicher oder bewegungsarm war, und auch eine gewissen Feinmotorik aufgrund ihres Alters abnahm, was weiß ich. Diese besagte Nachbarin war meist schon früh um sechs, auch an Wochenenden, auf den Beinen, der Wasserkocher war um sechs Uhr morgens bereits zu hören, als er gerade mal auf Toilette ging, wenn er bis nachts um drei munter war und etwas viel getrunken hatte. Naja, man wird auch nicht jünger, die Blase meldete sich auch bei ihm immer öfter des Nachts. Na, zurück zur Nachbarin, sie quatschte schon früh ab halb sieben, ich weiß auch nicht, mit wem die telefonierte, jedenfalls klang es so. Sie redete auch ziemlich laut, auch seine Mutter hatte die Angewohnheit, zu laut ins Telefon zu brüllen. So auch seine Nachbarin und das nervte schon etwas. Vielleicht hatte sie Kinder im Ausland und telefonierte zu so früher Stunde. Manchmal konnte er dann nicht wieder einschlafen und dies hatte auch Vorteile, denn

12

an manchem Wochenende kam er so früh zeitig an gute gebrauchte Dinge im Internet zu einem echt guten Preis oder an neue Spiele etc.

Jedenfalls war die Nachbarin jetzt öfter früh zeitig am Telefonieren und bekam auch seit kurzem so viele Pakete, schickte aber auch einige wieder zurück. Neulich sah er den Paketboten vorm Haus parken und stellte sich schon an die Sprechanlage seiner Wohnung, doch nicht, wie erwartungsgemäß und gehofft für ihn, nein, er klingelte zuerst bei der Nachbarin.

Sie trafen sich selten im Treppenhaus, aber einmal fragte sie ihn auch wegen einer PC-Sache, da sie gehört habe, dass er sich damit auskenne. Er konnte ihr auch helfen, sie freute sich überschwänglich, fast tänzelnd, er verdrehte nicht die Augen aus Höflichkeit (die besaß er auch!), aber kicherte in sich hinein. Zum Dank brachte sie ihm ein Billig-Headset, dass sie sich bestellt hatte für ihre Arbeit, aber er lehnte dankend ab. Nun musste sie es zurückschicken. Die Verpackung war chic, meinte sie, am liebsten würde sie es behalten, aber sie habe schon zwei. Mühsam lächelte er, er hatte schließlich zu tun. Er massierte sich den Nacken, wohl unbewusst, aber ihr muss es aufgefallen sein, dass er verkrampft war.

Die Nachbarin schenkte ihm daraufhin gleich noch ihr Buch. Verwundert sah er sie an. Sie schreibe ab und an und sei auch im Internet mit Video und Podcast vertreten. Ah, deshalb der Gedanke an morgendliche Telefonate, sie nahm also Audiodateien auf. „Vielleicht hilft Ihnen das, etwas gegen Ihre Verspannung im Nacken zu machen," meinte sie, als sie ihm das Buch gab. „Ja," gab er murmelnd von sich. „ Danke." Er starrte das Buch an, er las eigentlich keine Bücher, früher hatte er erotische Bücher gelesen, das gabs jetzt alles im Internet. Das sagte er natürlich nicht seiner Nachbarin.

Als er wieder einmal ziemlich verspannt war im Nacken (was in letzter Zeit häufiger auftrat und arg lästig war, wurde er jetzt alt?), nahm er sich das Buch dann doch wieder und begann zu lesen:
„Die Verspannung kommt meist aus Angst und Prägungen in unserer Vergangenheit, im Laufe unseres Lebens durch Verletzung und Demütigung", las er. „Hä?", fragte er sich und wollte das Buch schon in den Rundordner entsorgen. „Habe es aus Versehen verräumt", hätte er der Nachbarin auf deren Nachfrage, was er denn von dem Buch hält, gesagt, oder dass er keine Zeit hatte bisher zum Lesen. Naja,

irgendetwas halt. Er blätterte etwas weiter und las in dem Buch noch mehr, als er eigentlich wollte.

Verspannung tritt im täglichen Alltag auf, während wir stundenlang einseitige Tätigkeiten verrichten, wie Sitzen im Büro, schweres Heben und Tragen von Lasten oder wenn wir grübeln in Endlosschleife.

Aus Verspannungen werden immer stärkere Schmerzen. Dein Körper zeigt es durch Schmerzen. Schmerz an sich ist ein perfektes Warnsystem des Körpers, um sich selbst zu schützen und der uns durch Schmerzen bewusst machen soll, dass es so nicht weiter gehen kann, sonst drohen ernste Schäden.

Die Dosis macht auch hier das Gift. Im Alltag ist es nicht leicht, einen Ausgleich für die Überbeanspruchung zu schaffen. Auch in Krisensituationen, wie Trennung, Scheidung, Trauer usw. kommt man aus diesem Modus nicht leicht heraus.

Wir ziehen den Hals ein, die Schultern hoch und mit enormer Kraftanstrengung versuchen wir, im Leben zu funktionieren.

Vorsichtige Dehnung, tiefe Atmung (Körper) und Umdenken (Geist), Hineinspüren (Seele) würden ab und zu Entlastung bringen, nur dafür haben wir keine Zeit, es scheint wichtigere Dinge im Moment zu geben, die erledigt und bewältigt werden müssen.

Hinzu kommt die altmodische Denkweise und Glaubensmuster (Geist), wie „Indianer kennen keinen Schmerz" und „hab dich nicht so, du Weichei". Wir wollen nicht zeigen, dass wir eigentlich müde und kaputt sind. Stärke zu zeigen ist doch modern.

Wenn man wirklich endlich zur Ruhe kommt, senken sich auch die Schultern und die Entkrampfung setzt ein, auch durch tiefe Atmung. Wir merken oft nicht, dass wir die ganze Zeit den Atem fast angehalten und sehr flach geatmet haben, gerade so, dass es zum Leben reicht.

Doch mit den Pflichten im Kopf gelingt das kaum. Auch nach einem Urlaub ist sehr schnell wieder alles wie vorher. Deshalb ist der Alltag so wichtig. Er muss für uns erträglich gestaltet werden, auch am Arbeitsplatz. Akute Stressphasen müssen nach Durchleben dieser auch ausgeglichen werden. Soweit die Theorie.

Warum merken wir erst, wenn wir zur Ruhe kommen, wie kaputt wir eigentlich sind? Ganz einfach: Stressphase ist Angst, es nicht schaffen zu können und in der Angst befindet sich der Körper in einen Alarmzustand und funktioniert automatisch. Hinzu kommt dann bei stärker werdendem Schmerz und Erkrankung noch die finanzielle Sorge, und die Abwärtsspirale der Angst steht somit bereit. Also ist es nicht mehr nur der Körper, sondern auch hier die Seele und auch der Geist, die zusammenspielen. Die Abwärtsspirale muss unbedingt durchbrochen werden, sonst bekommst du sehr ernsthafte Probleme!

Wir Menschen (aus Körper-Geist-Seele) haben schon einen genialen Selbstheilungsmechanismus und Selbsterhaltungswillen. Aber wir müssen uns auch genügend Ausgleich und Ruhe schaffen. Wir sind keine Maschinen und selbst die müssen gewartet und gepflegt werden. Wenn der Motor einer Maschine überhitzt ist, schaltet auch der sich ab. Wenn dein Körper lange Zeit überarbeitet ist, zeigt er es durch Verspannung und Schmerz oder Krankheiten. Krankheiten, da durch länger anhaltenden Stress die Selbstheilungsmechanismen des Menschen nicht mehr genug Kraft haben.

Physiotherapie mit Massagen und Sport helfen schon, aber es muss an der alltäglichen Lebensweise etwas verändert werden. Wenn ich auf der Massageliege bin und während oder kurz nach Massage wieder an Pflichten denke, versteift sich der Nacken sofort wieder. Je länger du in höherem Stresslevel bist, um so mehr Massagen bräuchtest du und es dauert viel länger, um in den Normalzustand zu gelangen. Dein Körper sieht dieses Stresslevel schon als normal an und dennoch zeigt er dir mit Schmerz, dass es höchste Zeit ist, etwas zu ändern. Bis zu einem gewissen Grad kompensiert der Körper das, er ist wirklich genial.

Unsere Verdauung ist, wie der ganze Mensch überhaupt, ein Wunder. Wir schlingen unser Essen hinunter, essen am Arbeitsplatz nebenbei und wundern uns, dass wir dann Magenkrämpfe bekommen.

Fragen sollten wir uns: Was kann ich von meinen Pflichten abgeben, um die akute Phase in meiner Krise oder meines Stresslevels zu minimieren, um nicht zu erkranken. Bin ich in Trauerzeit, muss ich mir die Zeit der Ruhe auch gönnen. Verlangsamung des Lebens ist da nötig.

Es dauert auch seine Zeit, denn was über lange Jahre hinweg falsch gemacht wurde, kann nicht von heute auf morgen beseitigt werden. Speicherung erfolgt in Faszien und Muskeln, sogar Zellen sind wie eine Art Speicher-Chips.

Schmerz ist ein Alarmsystem und eigentlich perfekt. Er zeigt uns, dass wir mehr auf uns und unseren Körper achten sollen. Irgendetwas ist aus dem Ruder gelaufen. Vielleicht haben wir uns zu viel zugemutet, aber Schmerz ist auch häufig Ursache von Verspannung des Körpers.

Manchmal merken wir nicht, wo es herkommt, denn da ist die Seele (Psyche) im Spiel.

Erst in den letzten Jahren ist bekannt geworden, wie stark bei der Gesundheit und Gesundwerden die Rolle der Seele und des Geistes (Verstand) ist, also Körper-Geist-Seele insgesamt als Mensch zu sehen, auch durch die Menge der psychosomatischen Erkrankungen in unserer stressgeplagten Lebensweise. Wer keinen Stress hat, ist nicht modern.

Sehr wichtig ist also auch die Änderung der Denkweise (Geist). Deine Glaubensmuster, wie sehr du dich also anstrengen musst, um kein Versager zu sein, wer sagt dir das? Dein Verstand hat dies aufgenommen in der kindlichen- und jugendlichen Prägungsphase. Du willst noch heute der brave Junge oder das liebe Mädchen sein und dich anpassen an die Umgebung.

Es wurde dir vorgelebt von deinen Eltern und naher Umgebung. Du hast es nicht besser gewusst und hast dies förmlich in dich einpflanzen lassen. Die Eltern und anderen Leute um dich herum haben es auch nicht besser gewusst, das soll kein Vorwurf sein.

Damals musstest du es glauben, dass nur dieser Weg richtig ist. Heute weißt du es besser, hast eigene Erfahrungen gemacht. Es gibt auch nicht **den** richtigen oder **den** falschen Weg. „Es gibt mehrere Wege, die nach Rom führen".

Angst, nicht gut genug zu sein, bedeutet, es fehlt an Selbstwert und führt zu Überanstrengung. Woher kommt diese Angst? Wer sagt, dass du nicht gut genug bist? Hat man dir dies als Kind gesagt? Sicher weißt du das nicht mehr, denn die Prägung ist in den ersten Jahren der Kindheit besonders stark. Aber diese Angst ist tief in uns verwurzelt. Aber wir wissen nicht, dass es diese Angst gibt, die uns antreibt, über das gute Maß hinaus zu agieren.

Er war tatsächlich vertieft in das Buch, eigenartig, er schreckte hoch, als sein Smartphone klingelte. Seine Mutter meldete sich wieder wegen Weihnachten, wie immer, denn heute war Nikolaus und da schenkte sie immer irgendwas, heute auch keine Nachricht, dafür ein Telefonat. Er mochte seine Mutter schon, auch wenn sie nervig sein konnte, aber, welche Mutter war das nicht. Dennoch, ein bisschen auf Distanz halten war immer wichtig für ihn.

Nein, eine Freundin habe er nicht, und ja, es gehe ihm gut – diese Antworten kamen immer wie aus einem Roboter. Musste er immer und überall begründen, warum er Single war und nein, er sei nicht schwul (das sagte er neuerdings immer gleich dazu). Obwohl, selbst wenn er es wäre, ist das so schlimm, ist er nicht der gleiche Mensch? Wieder einmal weltbedeutende Fragen. Aber wollen wir es jetzt nicht vertiefen.

Und doch, beim Thema Frau oder zumindest Freundin für ihn, hatte er schon in sich Sehnsucht wahrgenommen, Sehnsucht nach Geborgenheit? Was war es eigentlich? Seine Ruhe gefiel ihm sehr und vor allem, dass er machen konnte, was er wollte, war das Beste, was es gab. Keine Vorschriften, keine Verbote, keine nervigen, immer wiederkehrenden und zu nichts führenden Diskussionen, also das, was sich in Beziehungen so abspielt, was er aus dem Bekanntenkreis so hörte oder mitbekam. Er hatte sich vorgestellt (und es auch eine Zeit lang so probiert), dass er sich mit interessierten Mädels zur „Freundschaft plus" verabredete, wie man es so zu sagen pflegt, heißt, zu treffen, wenn man wollte (im wahrsten Sinne des Wortes). Es war eine Zeit lang auch ganz okay für ihn. Manchmal redeten sie auch gut miteinander und hatten Spaß auch jenseits der Bettkante. Das Problem bei diesen Treffen ist aber dabei auch, dass meistens einer von beiden dann doch mehr will. Dass einer sich verliebt und mit Gefühlen zu kämpfen hat, die man eigentlich nicht haben wollte. Man wollte doch frei sein und dennoch etwas, ja was war es? Geborgenheit?

Steckte wirklich dieses Gefühl der Geborgenheit, der Nähe und des Nicht-Allein-Gelassenwerdens dahinter? Er war also hin und hergerissen, vielleicht war er bindungsunfähig oder hatte gar Angst vor Bindungen? Warum, fragte er sich wiederholt, denn so richtig verletzt worden war er in einer Beziehung eigentlich noch nicht. Nach dem Ende einer mehrmonatigen Beziehung gingen sie als Freunde auseinander. Naja, und dann kam ihm immer wieder das Gespräch mit seiner Schwester, die 3 Jahre jünger war und bereits fest liiert war, in Erinnerung. Sie war fassungslos und völlig außer sich, als er dummerweise erzählte, dass er sich nur „zum Liebe machen", wie er es nannte, trifft. Sie hielt eine Rede oder Ansprache, was echt nervte und er schwor sich selber, niemandem auch nur noch einmal davon zu erzählen. Es ist doch seine Sache, was er macht und sein Leben und außerdem waren die Mädels, mit denen er sich traf, auch einverstanden, sie sahen es genau wie er, auch sie wollten ihre Freiheit und nur ab und zu etwas Nähe.

Anja, eine mit ihm befreundete Kollegin in seinem Alter, mit der er nach dem letzten Meeting noch etwas besprechen musste, berichtete dann auch schluchzend von ihrem letzten Date.

Sie habe wieder mit einem Mann (im Internet) zu schreiben begonnen. Er sucht nur eine Affäre, gern dauerhaft, also „Freundschaft plus" und bitte diskret. Er würde seine Frau und Kind nie verlassen, denn er liebt seine Frau. Nur im Bett ist halt Flaute. So seine Aussagen.

Sie habe schon Lügen erlebt, Männer, die eine Frau ganz verschwiegen haben und sie später auf der Straße mit Familie gesehen habe, die Männer dann peinlich weggeschaut haben, in der Hoffnung, dass sie jetzt nicht angesprochen werden und alles eskalieren könnte. Außerdem gibt es Aussagen, wonach im Bett nichts mehr geht und auch das ist oft nicht die Wahrheit. Es kann auch gute Gründe geben. Der Alltag ist oft ein Grund und Langeweile.

Sicher, wenn wir jemanden kennenlernen, ist ein bis zwei Jahre in einer Beziehung alles rosarot und interessant, die Leidenschaft kocht über. Nach mehreren Jahren kann sich eine gewisse Langeweile einstellen. Das ist normal, denn, was wir immer um uns haben, ist dann selbstverständlich. Auch unterschiedliche Wünsche und Vorlieben der Partner machen sich dann stärker bemerkbar, der eine will viel Zärtlichkeit, der andere nicht. Manches ändert sich auch nach einigen Jahren, Wünsche ändern sich, Interessen und Sichtweisen auch.

Nach diesem Telefonat mit seiner Kollegin stand für ihn wieder einmal fest: er bleibt Single, das alles tut er sich nicht an, auch wenn er es meist nur von anderen hörte.

Einkaufswunder

Wieder einmal steht sie im Schaufenster ihres kleinen Ladens und schaut in den nasskalten Abend. Bei diesem Anblick wird ihr gleich noch kälter, die Heizung hat sie aus Kostengründen kaum noch an. Leider hatte sie heute in ihrem Laden kaum Bewegung, was sie hätte aufwärmen können, denn auch heute war wieder ein Tag ohne nennenswerten Umsatz, ohne viele Kunden, die zu mehr Bewegung animiert hätten. Es läuft nicht gut. Gar nicht gut. Sie ist Inhaberin eines kleinen Geschenkeladens mit integriertem Paketshop. Der Paketshop wirft zwar nur etwa vierzig Cent pro Paket ab, aber die Masse der zu bearbeitenden Päckchen und Pakete, die ständig steigt, hilft ihr auch zum Überleben des Ladens.

Aber an Geschenke denkt im Moment keiner so richtig gern. Das Jahr bisher verlief schon nicht gut. Den Menschen sitzt das Geld nicht so locker, sie geben ihr Geld nur ganz bewusst und für dringendere Dinge als Geschenke aus. In zahllosen schlaflosen Nächten hat sie sich schon Gedanken gemacht, wie Sortiment erweiterbar wäre oder was man noch anbieten kann, um den Umsatz anzukurbeln. Aufgeben wollte sie auch nicht, aber es würde wohl darauf hinauslaufen. Eine Idee, der lustige Spiegel, war am Anfang des Jahres mit begeisterten Ausrufen der Kunden, wie „ach, das ist ja mal was ganz tolles" oder „was es jetzt so alles gibt" und einem Lachen zwar für genial befunden, aber dennoch kaum gekauft worden. Der Spiegel machte nämlich immer ein lustiges Gesicht, egal, wie grimmig oder traurig man hineinschaute. So ähnliche Spiegel hatte sie einmal auf dem Rummelplatz gesehen und irgendwann kam ihr daher die Idee, ähnliches doch in kleiner Ausführung anzubieten. Gerade, wenn die Leute miese Laune hatten, wäre es eine schöne Aufmunterung. Eine kurze Aufmunterung war es auch für ihr Geschäft, aber nur eine schwache.

Es quietschte, das riss sie aus ihren Grübeleien, wieder einmal war sie auf das „Pupskissen" gekommen. Dieses blöde Kissen lag hier so rum, sie wollte es längst an einen anderen Platz legen oder ganz entsorgen. Der Großhändler hatte ihr mehrere solcher Kissen aufgeschwatzt, „gute Frau, die kosten nur fünfzig Cent, die kommen als Gag immer gut an". Also hatte sie damals wiederwillig fünf Stück mitgenommen, nur das eine lag noch rum. Ab und zu kam jemand dagegen und es machte sein Geräusch, manchmal konnte sie da wenigstens noch lächeln.

Sie sah also auf die menschenleere nasse Straße vor ihr und nahm den Schlüssel, schloss die Tür ab und knipste die Nachtbeleuchtung an. Das geschah ganz automatisch. Manche Dinge des Alltags geschehen automatisch, so dass man im Nachhinein überlegt, ob man sie überhaupt erledigt hat. Nicht das erste Mal wäre es, dass sie nachts im Bett überlege, ob der Laden auch zugeschlossen wurde. Wenn die Ware noch geklaut würde durch eine unverschlossene Tür und die Versicherung dann naturgemäß nicht zahlen würde, was wäre dann, sie mochte gar nicht daran denken.

Aber eine Frage stellte sie sich in den letzten Wochen des Öfteren: Was könnte ich noch machen? Die Ladenmiete war zwar gering und sie konnte in dem kleinen Zimmer mit separater Dusche und WC im hinteren Teil ganz gemütlich wohnen, so dass ihre monatlichen Ausgaben gering waren, aber dennoch war es finanziell äußerst knapp.
Ihre Ideenschmiede war auch geschlossen, sie wusste wirklich fast nicht mehr, was sie noch machen konnte, um wieder mehr Umsatz zu haben. „Onlineshop" riet kürzlich wieder ein Kunde, aber von anderen Ladenbesitzern, die dies machten, hörte man oft schlechte Nachrichten. Die Rücksendungen würden immer mehr, was den Aufwand und die Kosten der kleinen Läden in die Höhe trieb. Fast

die Hälfte des Tages waren die Mitarbeiter oder Alleininhaber mit Retouren beschäftigt, das rechnete sich auch nicht. Nur Arbeit und Kosten und das wollte sie dann auch nicht. Eine kleine Website hatte sie zwar eingerichtet und präsentierte einige Waren, aber die Kunden sollten in den Laden gelockt werden, sie hatte daher auch viele Sonderangebote, die gingen immer gut, aber davon konnte man auch nicht überleben.

Als sie so neben dem Schaufenster stand, musste sie schmunzeln, da sie dachte, wie es wäre, wenn sie sich selbst verkaufen würde, und musste dabei kichern. Selbst als Angestellte einer Firma verkauft man ja oft seine Seele bei dem ganzen Stress, von Mobbing ganz zu schweigen. Aber ein lustiger Gedanke war es schon. Was könnte sie selbst denn anbieten? Welche Arbeiten könnte sie für die Menschen da draußen erledigen? Vielleicht sollte sie doch so einen Onlineshop einrichten? Klar, die Rücksendungen steigen immer weiter, sie merkt dies ja selbst täglich im Paketshop. Und da war sie auch schon bei ihrem derzeitigen Problem, die Pakete. Sie hielten sie zwar finanziell über Wasser, machten aber auch viel Arbeit.

Deshalb hatte sie eine Suchanzeige in Auftrag gegeben. „Suche Mitarbeiter/in für Verkauf und Büro, auf Minijobbasis, gern auch als Praktikum". Das mit dem

Praktikum war ihr Hauptziel, denn sie konnte eigentlich keinen Mitarbeiter bezahlen.

Sie räumte gerade einen Karton mit … aus, als die Ladentür quietschend aufflog. Die Tür klemmte mal wieder, auch hier müsste sie mal was machen, wurde sie just in diesem Moment lautstark erinnert, doch ihre Lethargie war unerträglich, grübeln was sie noch machen könnte oder die Idee mit dem neuen Shop drehte sich in Endlosschleife in ihren grauen Zellen.

So stolperte nun ein etwas gruselig aussehender Mann durch die Tür, da sie erst klemmte und dann ruckhaft nachgab. Und natürlich gab auch noch das Kissen wieder einen Laut von sich, denn der Typ kam nun gerade mit seiner Hand darauf. Wie peinlich, aber beide mussten kichern und da sah sie, dass er doch nicht so gruselig aussah. Was Lachen aus Menschen machen kann, immer wieder erstaunlich.

Er stand nun direkt vor ihr und sie roch Tabak, sie wich aus diesem Grund einen kleinen Schritt nach hinten, denn kalten Atemrauch konnte sie nicht ertragen. „Guten Tag, ich will mich hier vorstellen, Sie suchen jemand für den Laden und fürs Büro."

Ja stammelte sie und dachte, na toll, einen Raucher will ich gar nicht, als Kunde wäre er mir egal, aber nicht als

Mitarbeiter, denn diesen Atemgeruch um mich und das paar Stunden lang am Tag, wie soll ich das aushalten.

„Was sind Sie denn von Beruf? Als was haben Sie zuletzt gearbeitet?"

Er rollt mit den Augen, stöhnt und antwortet dann doch: „Also ich war Fliesenlegemeister, war angestellt in einer Firma, deren Inhaber in Rente ging, ich hätte die Firma übernehmen können, aber bis zur Rente kann ich auch nicht auf den Knien arbeitend durchhalten. Somit bin ich nun hier. Umschulung kommt nicht mehr in Frage, denn ich bin ja 58."

„Was wollten sie denn arbeiten? Verkauf oder Büro ist ja was ganz anderes."

„Ja, ich meine, Büroarbeiten habe ich schon als Handwerksmeister erledigt und da schaffe ich das, denke ich, auch den ganzen Tag irgendwie."

„Irgendwie"

„Entschuldigen Sie, ich meine, ich könnte auch Neues lernen und das schaffe ich auch. Oder im Verkauf, ich wollte eigentlich Technikhandel, aber die stellen derzeit niemanden ein. Im Lager, also bei einem Versandhändler, wollte ich nicht, dann lieber mit Menschen in Kontakt kommen und direkter Verkäufer."

„Gut"

„Aber", er schaute sich skeptisch um, „im Geschenkeladen, ich weiß nicht."

„Aber Sie sind hierhergekommen."

„Ja, ich muss, denn das Notwendigste zum Leben kaufen muss auch ich und ich dachte, ansehen kann man es sich ja mal."

„Ja. Ich erkläre Ihnen mal kurz, was ich dachte und dann sehen wir weiter. Haben Sie eine Bewerbung mit?"

„Ja, als Datei, ich kann Sie Ihnen senden per Mail." Nimmt altes Handy, „ich muss erst von zu Hause eine Mail vom PC senden."

„Gut", sagte sie und lächelt: „Technikladen wäre auch gut für Sie, oder?"

Sie lachen beide.

„Ja, das stimmt, aber das alte Handy ist noch super, tolle Fotos macht die darin enthaltene Kamera auch noch, die sehen ausgedruckt genauso gut aus, als hätte ich sie mit heutiger Smartphone-Kamera aufgenommen."

„Ja, ich habe auch noch so ein Handy, es ist zu schade, es wegzuwerfen oder wegzugeben. Irgendwie hänge ich noch dran."

Beide lächeln wieder. Er sieht wirklich gar nicht so gruselig aus mit einem Lächeln, denkt sie wieder.

„Also, ich habe mir das mit der Tätigkeit so vorgestellt: Im Moment wird das mit den Paketen immer mehr an Arbeit, aber ich brauche Sie nur stundenweise, auf Abruf wäre vielleicht gut, und später könnten es auch mehr Stunden werden. Ich weiß, dies sagen ihnen viele so, aber ich kann jetzt keine Zukunftsplanung machen. Senden Sie mir bitte die Bewerbung, wenn Sie noch Interesse haben, und ich durchdenke alles noch einmal konkret und melde mich bei Ihnen, so oder so."

„Das ist gut, danke für das Gespräch."

„Auf Wiedersehen."

„Tschüss."

Durch die quietschende schwerfällige Ladentür verlässt er den Laden. Das wäre schon die erste Aufgabe für ihn, diese Tür zu reparieren, dachte sie so.

Am nächsten Tag kam seine Bewerbung. Sie las gerade ihre E-Mails, als Frau Liebe schwer mit der Ladentür kämpfte. Sie kam ihr zu Hilfe und versprach, beim nächsten Mal wäre die Tür repariert, sie hätte schon jemanden beauftragt.

Frau Liebe wollte, wie immer, Häkelgarn und noch eine bestimmte Wolle. Sie kam alle 2 Wochen und meist blieb sie zu einem Plausch, gab auch nicht viel Geld aus, aber sie war eine nette Kundin. Auch dieses Mal war es so, aber ihr schien es nicht so gut zu gehen. Schließlich war sie auch schon Ende 70 und die Knie machten so ihr eigenes Ding, wie sie immer sagte. Aber es schien noch etwas anderes zu sein.

„Geht es Ihnen gut, Frau Liebe? Wollen Sie ein Wasser?"

„Nein, danke, aber ich würde mich kurz mal hinsetzen, darf ich hier?" fragte sie und zeigte auf einen Stuhl, der als Dekotisch diente, denn er war mit Kissen bestückt.

„Ja, natürlich."

„Wissen Sie, mir fällt es immer schwerer, die einfachsten Arbeiten im Haushalt zu erledigen und auch das Einkaufen ist beschwerlicher geworden."

„Haben Sie denn jemanden, der ihnen helfen kann?"

„Nein, noch geht es ja und im Haus fragt man mich auch schon mal, ob man was mitbringen soll, das ist sehr nett. Aber wissen Sie, Sie haben doch einen Wünscheladen grinst sie, Sie könnten doch auch so etwas anbieten. Denn Hilfe würde ich mir manchmal schon wünschen."

„Ja, aber wer soll dann im Laden bleiben, ich müsste ihn ja dann verschließen, wenn ich außerhalb bin."

„Das stimmt."

„Oder eher schließen, aber abends kommen dann auch wieder Kunden und danach habe ich auch keine Kraft mehr, weitere Arbeiten zu verrichten. Vielleicht sollte ich mittags zwei Stunden zu machen, aber Pakete werden oft in der Mittagspause aufgegeben, das geht auch nicht."

„Sie sind ja allein hier, oder? Ich habe ja noch niemand anderen als Sie selbst im Laden gesehen."

„Ja, ich bin allein, für weitere Mitarbeiter reichen die Einnahmen nicht, aber ich habe mich schon nach einer stundenweisen Aushilfe umgesehen."

„Verstehe. Selbst wenn ich die doppelte Menge an Wolle kaufen würde, es hilft Ihnen auch nicht und so viel häkeln und stricken kann ich auch gar nicht."

Nun lachen beide.

„Ich hole Ihnen ein Glas Wasser, Frau Liebe."

Dankbar nimmt ihre Kundin es dann doch an und trinkt hastig das halbe Glas leer. Das tat gut.

„So jetzt muss ich aber bezahlen und dann mache ich mich auf den Heimweg. Aber bisschen Bewegung braucht der Mensch auch, auch so ne alte Göre wie ich," sagt sie lachend und hievt sich aus dem Stuhl hoch.
Sie hilft ihr dabei und kassiert sie ab, nicht ohne einen gehörigen Kundenrabatt zu geben. Frau Liebe freut sich da immer so, sie hat ein herzliches Lachen trotz ihrer Schmerzen.
Danach hält sie ihr die Ladentür entschuldigend auf, sie würde sich nun kümmern, dass die Tür leichter zu bedienen ginge, und verabschiedet sich.

Sie denkt über die Worte der freundlichen alten Dame nach. Ja, Geschenke machen und Wünsche erfüllen, es liegt beides so nahe beieinander.

Da sie momentan keine Kunden im Laden hat, sieht sie sich ihre Website mal genau an.

Und da kommt ihr eine Idee.

„Was wünschen Sie sich? Was kann ich Ihnen als Wunsch erfüllen?" Sie tippt sogar ein paar Vorschläge ein, aber ohne weiter nachzudenken, mehr so als kleine Ideenanregung. „So könnte ich Ihnen eine Haushaltsfee schicken, die Ihnen Ihre Wohnung blitzeblank reinigt, kleine Reparaturen erledigt und nebenbei Ihre Wunschliste im Supermarkt abarbeitet." Klick.
Und schon steht es auf ihrer Website mit ein paar Bildern, versehen mit Schrubber und Einkaufskorb.

Lachend schließt sie ihren Laptop. Im Laden hängt sie auch noch ein kleines Schild auf, „neu im Angebot" und platziert es neben der Verkaufstheke, dort stehen die Kunden immer ein Weilchen, wenn sie deren Pakete bearbeitet oder an die Kunden ausgibt.

Keine zwei Tage später klingelt das Telefon heiß, Mails gehen ein und auch im Laden fragen immer wieder Kunden nach dem neuen Wunscherfüllprogramm. Sie schreibt sich alles erst einmal auf und mit zunehmender Anfrageintensität wird ihr ganz übel. Wie soll sie das bewerkstelligen? Sie hatte nur so eine Idee, mehr war es nicht, mehr Gedanken hatte sie sich darüber gar nicht gemacht, nicht über das Wie und das Wann und das war wieder mal typisch, wertete sie sich ab.

Dann fiel ihr der Bewerber ein, er kann sowieso die Tür reparieren, die habe ich ganz vergessen in der Aufregung der letzten Tage, obwohl, zu überhören waren die Quietschgeräusche der Ladentür nie.

Sie ruft ihn an.

„Ja, hallo?" erklingt es am anderen Ende.

„Ja, Herr Mutig, guten Tag, gut dass ich Sie gleich erreiche. Ich bräuchte Sie nun doch und ziemlich dringend sogar, wie sich die letzten Tage herausstellte. Können Sie heute oder morgen in den Laden kommen, damit ich Ihnen erkläre, was genau zu machen ist und damit wir die Modalitäten klären können?"

Warten...

„Ja gut, ich könnte in 2 Stunden bei Ihnen sein."

„Super, also bis dann."

Erleichtert und dennoch mit vielen Fragezeichen im Gesicht legte sie auf.

Er betrat den Laden, wieder stark nach Rauch riechend. Sie drehte sich erst mal weg und holte tief Luft. Er merkte dies und sie entschuldigte sich, sie möge keinen Raucheratem, aber wenn es sich nicht vermeiden ließe, naja, dann würde sie schon klarkommen.

Also begann sie, die Aufgaben zu erklären und sie einigten sich dann auf den Minijob, zunächst 6 Stunden in der Woche, Erhöhung als Option. Er war damit einverstanden, konnte er sich da ja auch noch anderweitig umschauen auf dem Arbeitsmarkt. Ein anderes Angebot hatte er jetzt sowieso nicht und da war es besser als nichts.

„Können Sie eventuell auch gleich anfangen?" fragte sie lächelnd, fast entschuldigend. „Die Tür des Ladens funktioniert nicht mehr richtig und außerdem quietscht sie sehr, wie Sie sicher selbst auch schon bemerkt haben."

„Ja, ok, wenn Sie etwas Werkzeug dahaben?"

„Ja," und ging nach hinten.

Er folgte ihr und sah dabei, dass auch am Wasserhahn Reparaturbedarf bestand.

„Das hier kann ich auch gleich mit machen."

„Oh, das wäre sehr schön. Ich mache inzwischen die Formalitäten für die Minijobanmeldung fertig."

„Ok."

Kunden bringen immer neue Pakete, es stapeln sich vor allem die Retouren. Er zeigt lachend drauf.

Sie verdreht die Augen „ja es werden immer mehr Rücksendungen. Aber auch wenn es nicht viel pro Paket gibt, etwas hilft es zum Überleben des kleinen Landens schon und da es immer mehr wird, ist es eine feste Größe am Umsatz, aber es macht auch viel Arbeit und zum Teil auch körperlich anstrengend."

Er geht raus vor die Tür rauchen, während sie hinten im Lager etwas verräumt, und deshalb hat sie es nicht mitbekommen. Fassungslos sieht sie ihn dann draußen stehen. Und noch dazu vor dem Laden! Sie merkt, wie ihre Laune merklich schlechter wird. Sie hat Wut, wie sie das hasst, diesen kalten Raucheratem und jetzt, da er vor der Ladentür raucht. Wie das aussieht, wie peinlich! Sie kocht vor Wut. Sie kann ihn schlecht jetzt zurückholen.

Sie ist genervt. Aber sie braucht ihn ja auch im Laden, denn es wird immer mehr Arbeit.

Am nächsten Morgen ist es noch ganz still im Laden, als er ihn betritt, und das liegt nicht nur an der reparierten Ladentür. Im Geschäftsraum ist seine Chefin nicht, er geht weiter ins Lager und sieht sie dort sitzen, naja richtigerweise ausgedrückt formuliert eher fläzend, am Tisch, den Kopf massierend.

„Migräneattacke, mir ist total übel, die Medikamente müssten in einer halben Stunde wirken, ich leg mich mal kurz hin, sonst muss ich kotzen, Entschuldigung, mir ist so übel" ruft sie noch, während sie nach hinten in ihre Wohnung rennt. „Könnten sie den Laden übernehmen in der nächsten Stunde erst einmal? Und die Pakete? Danke!", ertönt es noch aus dem hinteren Raum und dann ist Ruhe. Stille. In dem Laden ist dies auch ein seltsames Gefühl, hier war gestern, an seinem ersten Tag, Trubel, auch wenn keine

Kunden da sind, dennoch einige Geräusche sind immer. Und da wird ihm bewusst, dass es jetzt schon ganz allein auf sich gestellt ist. Aber ihr ging es ja wirklich mies, das sah man ihr an, auch wenn sie versuchte, es nicht zu zeigen.

Nach einer Stunde kommt sie im wahrsten Sinne an den Möbeln entlanggekrochen, hält sich den Kopf, ihr ganzer Körper ist schlapp, tiefe dunkle Schatten unter den Augen, und dennoch lächelt sie ein wenig, man kann es kaum glauben. Starke Schmerzen und Übelkeit und sie versucht dennoch zu lächeln! Rauchen zu gehen traut er sich heute nicht, aber es funktioniert auch so, ohne dass ihm etwas fehlen würde, merkwürdig, denkt er noch.

In den nächsten Tagen sagt sie ihm, dass er zum Rauchen hinten in den Hof gehen soll und nicht vor den Laden auf die Straße.

„Ja ich habe halt so ein Laster. Aber jeder hat ein Laster, nicht?"

„Ja, und was ist schon normal und was nicht? Was sagt denn ihre Frau, ist sie auch Raucherin?"

„Ich bin allein, aber sie war auch Raucherin, jetzt wohl nicht mehr, denn der Neue ist absoluter Nichtraucher."

„Ich kann den kalten Raucheratem nicht ab, das ist doch normal, aber was ist schon normal?"

Sie diskutieren noch über Normalität, während er die Pakete für den Postfahrer zusammenstellt, sortiert und zusammenträgt, als Kunden hinzukommen und mitdiskutieren.

Um nun, um zum Schluss der Geschichte zu gelangen, sei hier kurz geschildert, wie es weitergeht:

Das neue Wunscherfüllungsangebot des Ladens wird gut angenommen, ihr neuer Mitarbeiter hat gar keine Zeit mehr zum Rauchen und ist unterwegs, um Wünsche der Kunden zu erfüllen. Seine Stundenzahl wird erhöht, er ist nun Angestellter in Teilzeit. Er lernt während Tätigkeit seine neue Frau (eine Kundin) kennen, irgendwann raucht er gar nicht mehr.
Sie sprechen über Krisen und deren Bewältigung, da sie gerade aktuell eine große Rechnung über die Nebenkosten gänzlich unerwartet und für zu hoch, erhält. Sie prüft die

Rechnung in Ruhe und diese verringert sich etwas, da fehlerhaft.

Sie liest online Seminare und Bücher über Normalität und Bedürfnisse und Wünsche und Geschenke und spricht mit ihm und auch mit Kunden darüber.

Sprich: der normale Alltagswahnsinn mit Höhen und Tiefen nimmt seinen Lauf...

Na, hast du dich selbst oder ähnliche Begebenheiten aus deinem Leben in der Erzählung wiedererkannt?

Diese zweite Geschichte zeigt, dass im Leben und speziell im Alltag immer wieder neue Wendungen geschehen, die wir so erst einmal nicht sehen und erahnen können. Alles verändert sich, und zwar ständig. Manchmal ist Schein und Sein völlig unterschiedlich, der erste Blick auf eine Sache wird von einem zweiten Blick völlig anders wahrgenommen. Manches ist zunächst schön und wird dann fast unerträglich und einige Dinge erscheinen zuerst sehr negativ und später sind wir froh und dankbar, dass wir nicht gleich abgelehnt, aufgegeben sondern eventuell hinterfragt haben. Wir sind doch immer zwischen Wollen und Müssen, zwischen Wünschen und Geschenken, oder? Das Leben ist ein Fluss. Wir können mitschwimmen oder uns gegen den Strom stemmen, letzteres kostet aber sehr viel Kraft. Aber das Mitschwimmen ist nicht immer die Option und erste Wahl. Es ist nicht einfach.

Das Fließen des Flusses ist ein Naturgesetz. So wie sich Tageszeiten und das Wetter ändern, so wechseln sich auch die Jahreszeiten, stetig und unaufhörlich, ob wir wollen oder nicht. So ist unser Leben. Es ist ständige Veränderung.

Einatmen und ausatmen, speisen und Hunger empfinden und wieder essen. Wir müssen uns anpassen, bei kaltem Wetter ziehen wir uns eine warme Jacke an, bei hochsommerlichen Temperaturen können wir in ein Freibad schwimmen gehen, um uns abzukühlen.

So kommen auch traurige und lustige Situationen in unser Leben und bestimmen unseren Alltag. Auch, wenn wir dies nicht wollen, uns nicht wünschen, passieren dennoch schöne und auch weniger schöne Dinge. Es hat (meist) zwei Seiten. Im Guten ist etwas nicht so Positives enthalten und umgekehrt auch.

Manchmal sind wir so sehr festgefahren auf unserem Weg, meinen wir. Dabei sind wir oft nur in Gedanken festgefahren und sehen die weiteren Möglichkeiten, die wir haben, nicht oder noch nicht.

Den Weg, der uns herausbringen könnte aus der Misere, sehen wir nicht und glauben ganz fest, dass es ihn nicht gibt. Wir reden uns ein, dass es ihn nicht gibt. Aber wenn wir wirklich einmal aus anderer Sichtweise ansehen oder beginnen, umzudenken, also andere Fragen stellen (und ganz ehrlich zu uns selbst sind!), dann gibt es mindestens zwei Wege heraus …

Bea und Ingo und Freunde: Nähe, Wunder im Alltag - oder was brauchen wir eigentlich?

Ingo, alles aus seiner Sicht ...

Ich hätte nie gedacht, dass mir das noch einmal passiert. Ich hätte nie gedacht, dass ich mich noch einmal verlieben würde.

Meine Frau und ich sind schon lange zusammen, geheiratet haben wir vor ... Jahren (ja ich weiß es nicht so genau, typisch Mann, werden Sie sagen), aber ich glaube, vor 29 Jahren. Denn meine Frau redet immer von dem großen Jubiläum im nächsten Jahr, ich weiß auch nicht, wovon sie schwafelt. Runde Geburtstage stehen eigentlich nicht an, naja, so genau weiß ich das auch nicht. Vielleicht bei unseren Kindern, der Enkel ist drei, das weiß ich, vielleicht ist dort in der Familie ein Jubiläum. Egal, ich hab andere Aufgaben und Probleme zu lösen und beschäftige mich nicht noch damit, was wann wo sich zum wievielten Male jährt. Ja, entschuldigen Sie, klar, typisch Mann. Was ist denn typisch Mann? Darf man auch noch ein bisschen Eigenleben haben? Es tut mir leid, ich wollte nicht so aufbrausend sein. Eigentlich habe ich ja auch gar keinen Grund dazu, denn, wie schon erwähnt, bin ich verliebt. Und zwar richtig. Kaum zu glauben, dass mir das in meinem Alter noch geschieht. Es soll ja Leute geben, die mit 80 noch die große Liebe finden. Naja, so alt bin ich ja nun auch wieder nicht. Ich arbeite im Pflegeheim und dusche jedes Mal nach dem Dienst vor Ort, manchmal mache ich dies auch erst zu Hause. Vor ein paar Wochen wurde das Duschen genau zum Problem, ja, zum Knall und es führte zu einem Riesenstreit und sogar zur kurzfristigen Trennung (zu getrennten Schlafzimmern). Meine Frau ist während der Viruskrise der Jahre 2020/21 zeitweise in Kurzarbeit und hat alle möglichen Flausen im Kopf. Leider habe ich sie durch dieses „du hast nur Flausen im Kopf neuerdings" auch schon beleidigt und es kam zu kleinen Wortgefechten. Ich habe ihr genau das vorgeworfen, sie habe jetzt zu viel Zeit und käme auf dumme Gedanken. Das hätte ich nicht sagen sollen. Aber meist hat sie sich wieder eingekriegt. Ich habe weiß Gott auf Arbeit viel zu tun, Überstunden, wenn Kollegen ausfallen durch Erkrankung und die ganzen Hygienevorschriften, das Jammern der Heimbewohner aufgrund der Besuchsvorschriften und und und. Ich bin nervlich schon ein bisschen auf Hochtouren. Das kann man doch wohl nachvollziehen, oder? Und die eigene Frau dürfte dies doch auch verstehen, so viel Verständnis könnte man doch erwarten, oder?

Ich würde sie nicht mehr schön finden, ich wäre ihr egal, …
warf sie mir immer Mal verbal entgegen. Dass ich sie nicht
mehr lieben würde, nicht mehr anschauen und so weiter.

Klar, in den vielen Jahren unseres Zusammenseins hatte
sich eine gewisse Routine eingeschlichen. Früh und abends
gab man sich noch einen Kuss, am Wochenende sogar Sex
(ja auch das haben langjährige Eheleute nicht unbedingt
mehr, hört man so), ab und zu am Tag eine kleine
Berührung, aber die Themen drehen sich meist um
organisatorisches des Alltags. Die Kinder sind aus dem
Haus, das war früher turbulenter und auch da galten die
Gespräche meist der Organisation der alltäglichen Pflichten.
Heute ist man erschöpft von Arbeit, müde, ausgelaugt und
genervt, man wird ja nicht jünger. Blumen gibt's zum
Geburtstag und den Hochzeitstag vergesse ich auch nicht,
auch wenn ich die aktuelle Jahreszahl nicht gleich benennen
kann, da muss ich nachschauen, das gebe ich zu.

Aber bin ich deshalb ein schlimmer, egoistischer Ehemann?
Ich glaube nein! Einige Paare in unserem Freundeskreis
oder Kollegen sind schon getrennt oder geschieden oder
arrangieren sich in ihren meist nur noch auf dem Papier
bestehenden Ehen und Beziehungen, in welchen sie bleiben,
nur, um nicht allein vor dem Fernseher sitzen zu müssen,
welch trauriges Dasein.

Allein sein will kaum einer, aber zusammen ist es auch nicht immer einfach. Das wissen Sie bestimmt genau so gut wie ich.

Wir sollten eine Mindestanzahl von Berührung vereinbaren, war eines ihrer Vorschläge.

Ja, und sehen Sie, nach jahrelangem Zusammenleben ist vieles selbstverständlich und wenn irgendetwas plötzlich anders ist, reagiert man völlig daneben und man streitet schneller als man es eigentlich will, eigentlich will man nur seine Ruhe, erst recht nach einem anstrengenden Arbeitstag mit immer steigenden Überstunden. Streit ist dann das letzte, was man braucht. Dass es dann sogar zur Trennung kommen kann, unvorstellbar für mich.

Eskaliert ist es dann heute. Heute früh (Donnerstag früh) war noch alles normal...

Ich wusste, sie hatte diese Woche einen Mädelsabend geplant, nur, ob es heute war oder an anderem Tag, daran konnte ich mich nicht so genau erinnern.

Jedenfalls, es war an einem Donnerstag Abend, ich kam vom Dienst und begab mich ins Badezimmer, nachdem ich meiner Frau nur Hallo zugerufen hatte, sie schien in der Küche zu sein, man hörte Geschirr klappern. Als ich dann unter der Dusche stand, voll eingeseift und das warme Wasser genießend vor mich hinträumend, spürte ich einen kurzen Windhauch und dann Hände auf meinem Gesäß, die dann ganz schnell die Richtung änderten. Ich war so erschrocken, als meine Frau zu mir in die Dusche kam, stieß mich am Duschregal, Duschlotion flog runter, fluchte und schnauzte sie an. Mehr vor Schreck, denn das hatte sie noch nie getan, einfach zu mir in die Duschen zu treten. Ich war perplex und wusste nicht, wie mir geschah. Leider traf ich sie dadurch mit dem Ellenbogen, was ihr Schmerzen verursachte und sie beleidigt und schimpfend, ich sei überhaupt keine Romantik mehr gewöhnt, aus der Dusche eilte.

„Ich war nur erschrocken", sagte ich ihr. Immer noch ziemlich laut und energisch war unser Wortgefecht.

„Und ich wollte dich nur überraschen", erwiderte sie kläglich.

„Ja, die Überraschung ist dir gelungen", gab ich sarkastisch zurück. Dabei sollte es netter klingen, als es dann aus mir herauskam.

Sie machte einen Gesichtsausdruck, der keine Zweifel offenließ, dass nun das Fass übergelaufen war. Was hängt sie sich auch nur immer an meiner Wortwahl oder dem Tonfall auf. Klar, der Ton macht zwar die Musik, sagt man, aber ist es nach einem langen Arbeitstag zu verübeln, sich etwas zu vertun mit verbalen Äußerungen?

Sie brach in Tränen aus und schniefte, die Enttäuschung stand ihr ins Gesicht geschrieben, während sie sich abtrocknete.

„Da wollte ich dich schon mal überraschen", klagte sie.

Ein bisschen musste sie lächeln, die Situation war überaus peinlich, aber gleich zwang sie sich wieder zu ihrer traurigen Mimik und eilte wütend aus dem Bad, nachdem sie ihre Kleidung zusammengesammelt hatte.

Ich spülte die Seife von meinem Körper und trocknete mich ab. Nachdenklich stand ich vor dem Spiegel und dachte nach. Wann sind wir so geworden? Früher, zu Beginn der Beziehung und in den ersten Jahren wäre das, was uns gerade eben so peinlich war, normal gewesen. Wir haben uns damals immer gern überrascht und geneckt. Ist es der Alltag, die viele Arbeit, die vielen Überstunden, der Stress? Ist es die Nähe, wir sind uns täglich zu nah und ist das der

Grund, weshalb wir vielleicht auch zu gleichgültig miteinander umgehen?

Sie wollte mich überraschen, wie früher, sie wollte mehr von mir, sie wollte berührt werden. Sehnen wir uns nicht alle danach? Es heißt es doch, Erotik entspannt, auch im Alltag. Früher, als wir beide noch jung waren und uns noch nicht lange kannten, haben wir uns ganz anders verhalten, konnten nicht genug voneinander bekommen, waren fast nie satt zu kriegen, nach dem Sex war vor dem Sex, der schnell wieder folgte. Dabei ging es nicht nur um Sex, nein, es war einfach schön, die Nähe des anderen zu genießen, die Berührungen, Haut an Haut, Haut auf Haut zu spüren. Das kann doch jetzt, nach all den Jahren, nicht weg sein, oder?

Mein Essen musste ich mir dann am Abend selber aufwärmen, denn sie verließ sogleich die Küche und ging ins Gästezimmer, holte sich zuvor noch Bettzeug aus dem Schlafzimmer und machte den Fernseher an. Sie schlief ab und zu im früheren Kinderzimmer, denn ich schnarchte und das war auch ein Problem bei uns. Ja, aber so ging es anderen Paaren auch, wie aus Gesprächen bei Feiern oder Treffs zu hören war, Mal amüsant vorgetragen, Mal mit Sorgenfalten.

Nachdem ich gesessen hatte, schlief sie dann schon (oder tat zumindest so), als ich ins Gästezimmer ging und versuchen wollte, etwas zu erklären oder zu klären. (Ja, was eigentlich, das wusste ich allerdings auch nicht so richtig, was hätte ich sagen sollen oder wollen?) Als ich am nächsten Morgen in die Küche ging, schmollte sie noch vor sich hin. Das merke ich immer, wenn sie besonders geschäftig mit irgendetwas herumhantiert, jetzt gerade war es ein Topf. Hoffentlich zieht sie ihn mir nicht über den Kopf, dachte ich noch so, aber das macht sie nicht, das weiß ich, dazu kannte ich sie zu gut.

So hatte ich mich bereits am Abend zuvor mit dem Essen (!) ins Wohnzimmer vor den Fernseher begeben und ließ mich berieseln, toll.

Es fällt schwer, mit einem Partner, den man viele Jahre um sich hat, vernünftige Gespräche zu führen, ich weiß nicht, wieso das so ist. Denn, wenn man sich so gut kennt, dürfte es doch nicht schwer sein, die richtigen Worte zu finden? Warum ist das so schwer?

Bea und dies zwei Wochen später....
Noch während sie aufstand und sich einen Kaffee machte, bevor sie ins Bad ging, spürte sie es wieder. Es war in den letzten Tagen (oder waren es sogar mehrere Wochen?)

immer wieder so gewesen, irgendetwas war anders. Anders als sonst, oder, besser gesagt, anders als in den letzten Jahren. Jahre, in denen sie allein war, allein mit sich selbst und ihrem Kummer, ihren Sorgen und ihren Ängsten. Ängste hatte sie definitiv, und zwar viele. Aber sich dies zuzugeben, war schwierig genug gewesen, schon erst einmal festzustellen, dass es Angst ist, war alles andere als einfach gewesen.

Aber jetzt war es etwas anders. Sie fühlte es. Nur, was war es? Woran lag es?

Sie spürte eine Leichtigkeit. Alt war sie mit ihren 49 Jahren zwar noch nicht, aber die letzten Jahre hatten an ihr gezehrt, so dass sie sich manchmal doppelt so alt vorkam. Immer wieder merkte sie dies in den letzten Tagen und erstaunte selbst darüber. Am Anfang hatte sie noch gedacht, wie kurios, (es kam ihr gerade ein Lächeln), dass sie vielleicht doch nicht so viele peinliche Alterserscheinungen habe. Aber das Gegenteil war eigentlich der Fall. Nie hatte sie sich so jung und gut gefühlt wie in den letzten Wochen und Tagen. Sie hatte allen Grund glücklich zu sein, denn in den letzten Wochen war so viel Schönes und Bemerkenswertes geschehen in ihrem Leben, was sie nie für möglich gehalten hätte und wovon sie nicht mehr zu träumen gewagt hätte. Zu tief war sie in Kummer und Gram versunken und gefangen und hatte allen Glauben an eine für sie bessere Zukunft oder eine Trendwende in ihrem Alltag verloren. Zumal die Kurzarbeit kein Ende zu haben schien. Ingo verstand sie auch nicht mehr. Klar, ihre beruflichen Unterschiede wurden jetzt besonders drastisch, sie in Kurzarbeit und er so viele Überstunden.

So schien es lange Zeit auch in ihrer Ehe schwerer zu werden. Drohte vielleicht sogar hier das Ende?

Dann noch dieser Reinfall nach dem Mädelsabend vor zwei Wochen mit dem dämlichen Dessousexperiment. Schlimmer, peinlicher und demütigender konnte es kaum kommen.

Ja, der Mädelsabend.

Sie war mit ihren Freundinnen verabredet, um vor dem Herunterfahren des alltäglichen Lebens mit Schließen der Gaststätten (Lockdown) wegen dem Virus noch einmal einen Mädelsnachmittag zu haben. Sie trafen sich in einem Cafe und plauderten munter durcheinander, natürlich auch über ihre Männer (hoffentlich nicht nur Schlechtes) und schlenderten danach noch durch ein Einkaufszentrum. Vor einem Dessousgeschäft blieben sie kichernd stehen.

Anni: „Oh schaut mal, das sieht toll aus, was meint ihr? Sollte man so was kaufen, um nach langen Ehejahren etwas Schwung in die Beziehung zu bringen?" Sie lachte herzlich.

Alle lachten mit.

Bis auf Susann waren alle vergeben, zwei von ihnen verheiratet, Norma in einer langen Beziehung.

„Das sieht dein Mannfred (das war die allgemeine Bezeichnung der Mädels für deinen Mann) doch sowieso nicht, so wenig, wie der dich beachtet."

„Wollen wir wetten, dass es mit solch einem Fummel anders ist?"

„Ich hab eine geniale Idee, sozusagen ein Experiment." Verschwörerisch redete sie auf die anderen ein. „Wir kaufen uns jeder so ein heißes Teil und werden sehen, wie unsere Männer reagieren."

Lächeln und nachdenkliches Schweigen.
Single-Susi schaute weg, um nicht wieder als Außenseiterin dazustehen.

Diese Geste fiel Anni auf und prompt bemerkte sie lautstark, dass bis Weihnachten für Susi unbedingt ein Mann gefunden werden müsse. Sie solle sich auch Dessous kaufen, nur so für alle Fälle und überhaupt kaufe man die nur für sich selbst und um sich gut zu fühlen.

Susi entgegnete, dass so etwas schon in ihrem Schrank daheim rumlag und dass sie das nie anziehen würde. Ein Mann müsse sie auch so lieben, egal was sie anzieht oder wie sie aussieht.

Betretenes Schweigen. Die Stimmung drohte zu kippen.

„Naja, du weißt ja, wie Männer ticken", meinte Anni. „Kaufe es einfach für dich, nicht für irgendeinen Mann."

„Nein, ach, ich kaufe nichts", erwiderte Susi, jetzt etwas böser, als gewollt.

Die anderen sahen sich an, „wir gehen einfach mal hinein in den Laden, gucken kostet ja nichts, hier zumindest nicht", bemerkte Anni, und schon lachten alle wieder vereint.

Die Verkäuferin schien etwas überfordert aufgrund von vier Kundinnen auf einmal, aber widderte auch ein Geschäft.

„Wir schauen nur", aber das sah die Verkäuferin ja schon.

Schließlich hatte jede der Freundinnen etwas ausgesucht, auch Susi, und, nachdem alle bezahlt hatten, schlenderten sie noch munter plaudernd durch die Gassen der schönen Altstadt.

Anni rückte etwas näher zu Susi auf, und beschwor sie noch einmal auf die Onlinesuche ein.

„Dort haben schon viele einen Partner gefunden, glaube mir, es gibt nicht nur Schurken im Internet."

„Ach, ich weiß nicht. Vielleicht geht es mir allein auch besser", sagte Susi, aber etwas Traurigkeit klang dabei schon mit.

Anni war es auch, die Susi vorschlug, morgen oder am Wochenende zu ihr zu kommen und ihr behilflich dabei wäre, eine Anzeige in einer Zeitung aufzugeben. Warum sollte das herkömmliche Vorgehen heute nicht mehr wirken?

„Na gut, ich werde es mir überlegen, ich melde mich, wenn ich der Meinung bin, nicht ohne einen Ritter auf einem Pferd leben zu können. Aber bei euch, entschuldigt, wenn ich das so sage, ist es doch auch oft so, dass ihr meint, lieber allein sein zu wollen und machen zu können, was ihr wollt, anstatt immer kleinbeizugeben, wenn er irgendwelche absurden Ideen hat oder keine Lust hierzu und dazu."

„Es hat alles Vor- und Nachteile", meinte Bea.

„Klar bin ich manchmal froh, wenn er irgendwo hingeht und ich allein auf dem Sofa meine Lieblingsserie sehen kann ohne blöde Kommentare", sinnierte Anni. „Schokolade essen verbietet er mir ja nicht, so wie bei dir, Alexandra, das wäre auch noch schöner. Ist das immer noch so?"

Alexandra wand sich etwas mit der Antwort, „naja, Holger ist eben sportlich und ich mollig, früher war ich schlanker, vielleicht sehnt er sich nach einer jüngeren und schlankeren, ich weiß es nicht, ich bin wie ich bin und Diäten mache ich nicht, das habe ich ihm mehrmals gesagt, denn das sehe ich nicht ein."

„Richtig so", versicherte sie. „Du musst zufrieden mit dir sein, so wie du bist. Nimmt er dich noch in den Arm?", fragte Bea vorsichtig.

Alexandra lachte, „ja, wir schlafen noch miteinander, falls du das fragen wolltest." Sie lachte jetzt, kicherte. „Ich ziehe auch nicht meinen Bauch ein, ich liege unten oder es ist dunkel draußen." Jetzt musste sie so lachen und alle anderen stiegen mir ein.

„Wisst ihr, wir werden unser Experiment Männerweihnacht nennen, was haltet ihr davon?", fragte Bea in die Runde.

Alle kicherten. Alle hatten mehrere Glühwein intus. Extrem gute Stimmung in relativ schwerer Zeit.

Nach einer Weile verabschiedeten sie sich herzlich und schworen sich nochmal auf ihr geheimnisvolles Experiment ein, versprachen, dass Susi Weihnachten nicht allein zu Hause sitzen werde, dafür (und den Mann für sie zu finden) würden alle sorgen.

Bea stieg beschwingt in die Straßenbahn ein. Es war Donnerstag, Ingo hatte heute zweite Schicht im Heim.

Sie hörte dann aus der Küche, wie er die Wohnungstür aufschloss und kurz „Hallo" rief und dass er sich dann ins Bad begeben hatte. Ob es an dem Thema ihres Mädelsnachmittags gelegen hatte, oder dem Mut durch ihren Alkoholpegel im Blut, weiß sie nicht mehr, jedenfalls schlich sie sich ebenfalls ins Bad, zog sich schnell aus und öffnete die Duschtür.

Früher, als sie sich noch nicht lange kannten, hatten sie das oft gemacht. Zu Beginn der Beziehung konnten sie ja sowieso nicht genug voneinander bekommen. Sie duschten daher auch oft gemeinsam und es blieb nicht nur beim Duschen und gegenseitigem Waschen…

Vor zwei Wochen, nachdem sie nach vielen Jahren wieder zu ihm in die Dusche stieg, hat er sich so erschreckt, so dass er sie auch noch mit dem Ellenbogen traf und das tat weh. Weh tat auch, wie er sie anschrie.

Es war einfach peinlich, dachte sie.

Wir sind keine jungen Leute mehr, aber warum verhalten wir uns nicht mehr so, es wäre doch so einfach und auch schöner. Egal, wie alt man ist.

Wie immer haben sie sich ausgeschwiegen und meist löste sich ein Problem in ihrer Ehe und in ihrem Alltag so in Luft auf, einfach vergessen und weitermachen, als wäre nichts gewesen, so war ihre gemeinsame Devise, auch dieses Mal nach dem Dusch-Desaster.

Eine Woche nach dem Mädelsnachmittag und dem peinlichen Dusch-Treff:

Das Gästezimmer, früher Kinderzimmer, diente jetzt auch als ihr Hobbyraum, dort stand ihre Nähmaschine und seine Sammlung aus originellen Bierkrügen. Aus schon erwähnten Gründen (sein Schnarchen) schlief sie auch oft hier, seit eine Woche nun durchgängig. Sie las etwas im Gästezimmer. Dann erhob sie sich entschlossen, und kramte den neulich gekauften Fummel aus ihrer Tasche und betrachtete die teure Unterwäsche. Eigentlich schade ums Geld, dachte sie noch so, aber dann entschied sie sich, es einfach mal anzuprobieren. Im Geschäft ist immer etwas anderes, als wenn man es zu Hause anhat. Das ist bei Hosen und Mänteln genauso wie mit Unterwäsche, nur dass man diese nur zu Hause und nicht unterwegs trägt. Sie fand sich schön, die Teile schmeichelten ihrer Figur, es war ein angenehmer Stoff, kratzte nicht und sah dennoch toll aus.

So begab sie sich zum Schlafzimmer, in welches ihr Mann vor ein paar Minuten gegangen war, denn sie hatte bemerkt, dass der Fernseher im Wohnzimmer ausgeschaltet war.

„Was meinst du, wie sieht das aus?", fragte sie, noch im Türrahmen stehend.

Ingo lag im Bett, wälzte sich herum, suchte die angenehme Schlafposition und drehte sich kurz zu ihr um, wieder weg und sah dann nochmal zur Tür, etwas blinzelnd, als sähe er nicht richtig. Kurzsichtig war er nicht, das wusste sie und so dunkel war es im Zimmer auch nicht, im Flur hatte sie noch das Licht angelassen. Abwesend schaute er, irritiert, unsicher. Was hat sie in letzter Zeit?

„Was ist denn mit dir heute los? So kenne ich dich doch gar nicht, du bist doch sonst nicht so", gab er wirsch zurück, erschrak dabei selbst etwas über seine bösartige und vorwurfsvolle Stimme und ermahnte sich aber innerlich selbst, nicht ganz drastisch zu klingen. Lächelte etwas, um die Situation nicht wieder zum Eskalieren zu bringen.

„Wie bin ich denn?"

„Naja, so anders."

„Gefällt dir dein Weihnachtsgeschenk, welches ich heute schon Probe trage?" fragte sie ihn, lächelte ihn an, um einfach nett zu sein, und ging zu ihrem Bett, zu ihrem Ehebett, stellte sich genau vor ihn hin, um dann sich einfach neben ihn zu legen.
Er war immer noch etwas mürrisch, seine abweisende Miene verriet es ihr. Aber sie war trotzig und entschlossen, nicht zurückzugehen.

Du warst früher auch anders, dachte sie. Sie überlegte, wie sie seine Laune bessern konnte. Nach einem Streit ist es oft sehr schwer, an ihn heranzukommen im wahrsten Sinne des Wortes…

Ihn kitzeln würde ihn noch mehr ärgern, auch wenn sie ihm nur ein Lächeln abringen wollte. Das funktioniert sicher nicht, dachte sie noch so.

Sie legte sich behutsam jetzt so dicht an ihn, und wartete ein wenig. Protest kam nicht von ihm, schon mal gut. Daher schmiegte sie sich noch etwas näher an ihren Mann. Als immer noch keine Abwehr kam und kein böses oder schnippiges Wort, streichelte sie mit ihrer rechten Hand so sanft sie nur konnte seine Schulter. Sie hörte seinen Atem, aber positiv war, dass er nicht betont laut ausatmete, was er immer tat, wenn er Wut hatte. Dann glitt ihre Hand langsam seinen Oberkörper entlang bis hinunter zum Bund seiner Schlafanzughose, während sie die Finger der linken Hand auf seine Lippen legte.

„Psst."

Nun kuschelte sich ganz eng an ihn.

Welcher Mann (Ehemann!) kann da noch mürrisch sein?

Bei vielen anderen Paaren passiert nicht mehr viel im Bett. Nähe und Zärtlichkeiten braucht jeder. Schließlich beugt sie sich zu ihm herunter und küsst ihn leidenschaftlich. Nun erst erwidert er ihren Kuss, und auch hier ist viel Leidenschaft drin. Er reagiert prompt. Über weitere Details schweigen wir hier an dieser Stelle.

Nach einiger Zeit lagen sie engumschlungen nebeneinander und kicherten wie Teenager. „Da sage einer, Ehesex wäre langweilig", schmunzelte er.

„Naja, Versöhnungssex, so heißt es, sei der Beste", dachte sie, aber sagte es nicht, oder hatte sie es doch laut gesagt? Sie wollte ihn nicht erinnern an den Streit, dumm dass ihr das jetzt so rausgerutscht war.

Aber als sie beide wieder ruhiger atmen konnten, kamen auch die Gedanken an den Streit wieder.

„Was habt ihr neulich gemacht, wart ihr im Erotikshop?", fragte Ingo.

„Nein", lachte sie. „Wir waren nur wie immer im Cafe und bummeln. Nichts weiter."

Von dem Experiment, welches eigentlich erst zu Weihnachten stattfinden sollte, erwähnte sie nichts. Das Experiment war heute schon, und naja, geglückt, wenn auch mit Hindernissen.

„Weißt du noch, früher, wie wir in dem verregneten Urlaub heimlich miteinander geschlafen haben", fragte sie ihn. „Heimlich deshalb, da unsere Kinder gerade in dieser Zeit so völlig neugierig und überaus aktiv waren. Abends wollten sie nicht einschlafen und morgens beim Hähnekrähen munter, und dennoch fand ich den Urlaub am schönsten für uns beide damals. Heute, da wir allein sind, warum fällt es uns eigentlich so schwer, zueinander zu finden und uns zu verstehen? Es soll jetzt nicht als Vorwurf klingen, bitte versteh das nicht falsch."

Er erwiderte fragend oder mehr feststellend in sich hinein: „Warum sind wir so geworden und was hat uns dazu gebracht?"

Bea meinte: „Sicher der Alltag und seine Probleme. Immer neue Herausforderungen kommen auf uns zu. Jünger werden wir auch nicht, aber wir sollten uns doch diese freie Zeit nicht noch schwer machen, was denkst du?"

„Ja", sagte er, und danach schliefen sie friedlich im gemeinsamen Ehebett ein.

Am Wochenende standen sie auf und gingen sogar gemeinsam duschen, wenn schon, denn schon, dachte sie. Ingo fand es auch nicht schlimm, denn es war harmloses Duschen und Spaß durch kaltes Wasser spritzen und ihr quieken war es außerdem, ganz harmlos, denn geliebt hatten sie sich ausgiebig, aber selbst jetzt sah man die Reaktion seiner Körperunterhälfte. „Ich bin so was von potent und das in meinem Alter", schmunzelte er, und als sie ihn fragend anschaute, deutete er nur in die Richtung seines sich aufrichtenden Freundes. Sie gab ihm einen liebevollen Kuss und trocknete sich ab, zog sich an und ging in Richtung Küche, um für beide ein besonders schönes Frühstück zuzubereiten. Gemeinsam hantierten sie dann in der Küche und hätten glücklicher nicht sein können. Geht doch – oder? Alles eine Frage des Willens?

„Weißt du, ich denke mal", sagte Ingo plötzlich, „vieles stammt noch aus der Kindheit. Diese Verklemmtheit wurde mir und uns von den Eltern vorgelebt und auch, dass man sich nichts zu wünschen hatte, dass man als maßlos galt, wenn es anders war und alle irgendwie gleich zu sein hatten, man durfte nie aus der Rolle fallen, dachte man. Dabei hatten andere vielleicht die gleichen Wünsche, nur traute sich kaum einer, dies anzusprechen. Man wertet sich ab, denkt, man ist nicht gut genug."

„Ja, das stimmt", erwiderte Bea. „Ich denke, ich bin nicht gut genug für dich und ein anderes Mal rege ich mich auf über dich, weil du so komisch bist. Ich denke dann auch, dass du es absichtlich machst, um mich zu ärgern. Du müsstest doch wissen, was mir gefällt und was ich nicht leiden kann. Aber so ist es nicht. Weißt du, wir sollten vielleicht jeder für sich aufschreiben, was wir gern machen würden, in der Freizeit und auch im Bett. Es kann ja eine Art Kartenspiel werden oder so ein Frage-und-Antwort-Spiel. Was uns stört am Anderen und auch an uns selbst und wie wir einen Kompromiss finden. Komm, wir können dies auch gemeinsam machen, oder?"

„Aber erst müssen wir einkaufen und tanken fahren, my Lady."

„Ok. Mein Schatz. Aber lass uns mal richtig verrückt sein heute, so wie früher, ganz früher."

Er verdrehte die Augen. „Wir waren gestern Abend und heute früh doch auch ganz verrückt, oder? „

„Ja, schon."

Das Telefon klingelte, eine Tochter war dran, fragte, ob Sonntag Großelterntag sei, denn es ist doch auch Nikolaus gewesen.

„Ja bis morgen früh bei uns? Gut. Wir freuen uns sehr.", beendete Bea das Telefonat.

Beide, Ingo und Bea, sahen sich an und prusteten los, „tolle Großeltern, wenn die Kinder wüssten, wie Teenager fühlen wir uns jetzt gerade und morgen kommen die Enkel her", sagte Ingo.

Sie gab ihm einen kurzen Kuss auf den Mund.

Er lächelte: „wir zwei Alten sind ganz schön kompliziert, was?".

Bea denkt am nächsten Morgen an ihre Freundinnen, wie es denen so geht, besonders an Alexandra, die ihr leidtut. Alexandra und Holger.

Alexandra kommt einfach nicht von Holger los. Seit Jahren ist sie nicht glücklich. Nicht glücklich mit ihrer Figur, die immer wieder Anlass zu Streit mit Holger gibt, wenn er sie missachtend anschaut und sie sich schämt. Diese verletzenden Blicke immer wieder. Sie sind wie Stiche, Stiche in ihr Herz, auch wenn es sich nur um Äußerlichkeiten handelt. Liebt er sie eigentlich noch? Das traut sie sich gar nicht zu fragen, viel zu viel Angst hat sie vor der Antwort, welche eventuell die Wahrheit sein könnte. Nicht glücklich, weil er sie nie ausreden lässt, nie ihre Wünsche beachtet, auch wenn diese noch so klein sind. Klar, liebe ich doch noch, kam halbherzig, als sie ihn noch fragte. Was ist schon Liebe, ein breit gefächertes Feld ist sie, diese Liebe, bemerkte er etwas abfällig. Man kann auch einen Kühlschrank oder ein Auto lieben.

Aber sie hin so sehr an ihm, dass sie jegliche Gedanken an eine eventuelle Trennung weit von sich schob. Trennung kam nicht infrage. Was sollte sie aber tun? Sie beide waren sportlich, er ging jede Woche zweimal zum Training ins Fitnessstudio, sie geht ab und zu zum Joggen in den Park, da sie die frische Luft liebt und nicht mit anderen schwitzend im Studio sein will. Ob er dort im Studio vielleicht eine andere Frau kennenlernen könnte? Diesen Gedanken hatte sie auch schon oft. Sauna war ja auch dort, er nutzte diese jedes Mal nach dem Training. Gar nicht auszudenken, was dann geschehen könnte. Sie riss sich von diesem Gedanken los und grübelte. Was könnte sie tun, um die Beziehung zu retten?

Er fiel beinahe aus allen Wolken, als sie sich neulich an dieses Thema heranwagte. Typischer Wortwechsel geht dann so:

Was soll sein, klar, liebe ich dich noch.

Du schaust mich immer so abfällig an und nörgelst ja auch immer wieder an meiner Figur herum.

Naja, früher warst du eben schlanker.

Aber nach drei Schwangerschaften sehe ich eben nicht aus wie diese Models, die einen Personaltrainer haben, der sie strietzt. Die haben ja auch ein Kindermädchen. Und außerdem möchte ich nicht gestrietzt werden, nur um dir zu gefallen, es ist auch mein Leben. Sie rief jetzt fast und staunte selbst über ihre Energie.

Er starrte sie an, ihm fehlten die Worte! Kaum zu glauben, so hatte sie ihn noch nicht gesehen. Sie bekam schon etwas

Angst, jetzt, da er sie so ansah. Deuten konnte man seinen Blick nicht, es war einfach ein starren.

Wenn du meinst, erwiderte er und stand auf, goss seinen Kaffee in die Spüle, ich muss los, bis heute Abend.

Toll. Ende des Gesprächs. Kein Kuss (war ja klar nach dem Disput). Nichts.

Bei ihrer anderen Freundin, Anni. Anni und Norbert.

Bei Anni war es auch frustrierend im Moment. Sie hatte auch viel zu tun, war in einem Ladengeschäft selbstständig tätig. Dort gab es Waren des täglichen Bedarfs und trotz der großen Konkurrenz durch Supermärkte lief es sehr gut, derzeit vor allem Klopapier. Man glaubte kaum, dass es nachdem die DDR über 30 Jahre Vergangenheit war, wieder Schlangen vor dem Laden und Mangelware geben konnte. Der Virus machte es möglich und bei uns fehlte Klopapier. In Frankreich war es Rotwein und Kondome (was sagte das Klopapier über uns Deutsche?). Schmunzeln bei dem Gedanken… Bitte nur schmunzeln!

Ihr Mann, Norbert, mit dem sie 27 Jahre verheiratet ist, arbeitet stundenweise als technischer Zeichner, derzeit von zu Hause aus.

Schon eine ganze Weile bittet sie ihn, ihr doch im Laden mitzuhelfen, da es immer mehr Arbeit wird und er durch seine Teilzeittätigkeit noch viel Freizeit hat. Aber immer liefen ihre Bitten ins Leere, er wolle sein Leben eben anders leben. Ab und zu könne er ihr helfen, aber nicht ständig.

Was er aber ständig wollte, waren Berührungen und Küsse, an ungewöhnlichen Stellen ihres Körpers, zu ungewöhnlichen Zeiten und an unterschiedlichsten Orten.

Das nervte sie schon lang. Klar, sie mag erotisches Knistern und dies hatte sicherlich vor Jahren mit dazu geführt, dass sie ein Paar wurden. Diese gemeinsame Vorliebe ist ein nicht unwesentlicher Aspekt einer jeden Beziehung. Aber ständig musste sie dies nicht haben, zumal sie von Arbeit auch sehr müde und geschafft war. Wenn er ihr helfen würde auf Arbeit, wäre es eine Entlastung, aber auch neue Probleme kämen dann auf sie zu. Bereits einmal hatte er sie in dem Lager geküsst und dabei so schnell weitergedacht, noch ehe sie reagieren konnte. Gut, es war nach der Ladenöffnungszeit und niemand außer ihnen war im Geschäft, sie hätte sich eigentlich entspannend dem hingeben können, was Norbert mit ihr vorhatte.

Auch sie konnten früher nicht genug voneinander bekommen. Dass er so wild war, gefiel ihr damals und sie hätte sich keinen anderen Mann gewünscht. Aber nach mehreren Jahren Ehe, naja. Er betonte, wie wichtig es ihm sei und dass sie beide froh sein könnten, dass es so gut lief bei ihnen. Andere Paare hätten kaum noch Blicke und Zärtlichkeiten füreinander übrig. Er hatte schon recht. Das musste sie zugeben. Sie wollte ihn auch nicht verlieren, nicht, dass er sich jemand anderen suchte. Aber Angst davor hatte sie auch nicht, diese Gewissheit erstaunte sie jedes Mal. Sie war auch attraktiv, für ihr Alter, und sowieso schon immer.

An jenem Abend im hinteren Raum des Ladens, in welchem sie nach Ladenschluss die Abrechnung macht, lief es etwas, sagen wir, aus dem Ruder. Sie wollte noch zur Bank und die Tageseinnahmen einzahlen und hatte gebeten, dass er sie dorthin begleitete und so war er an dem Abend in den Laden gekommen und stand nun neben ihr am Tisch. Kurz darauf stellte er sich hinter ihren Stuhl und beugte sich zu ihr herunter, um sie zu küssen, zuerst ihre Haare, dann ihren Hals entlang, sie musste kichern. Völlig perplex erwiderte sie seinen Kuss und sie war schon gewohnt, wie schnell sie beide immer zueinander fanden. Auch hier sparen wir Mal die weiteren Details aus.

In Erinnerung an diesen Abend im Laden dachte sie, hätte sie neulich eigentlich keine neue Dessous kaufen müssen und das Geld sparen, denn sie beide kamen auch so regelmäßig in Fahrt. Etwas rot werdend im Gesicht musste sie in sich hineinlächeln. Andere wären sicher froh, mit knapp 40 noch so erobert zu werden. Aber er wollte fast jeden Tag bis zum Äußersten gehen und das nahm ihr viel Kraft.

Den ganzen Tag im Laden und dann immer noch weitere körperliche Verausgabung war dann doch zu viel auf Dauer.

Alexandra nochmals

Alexandra hingegen hatte ganz andere Gedanken. Wozu hab ich mir die teuren Dessous neulich eigentlich gekauft? Er will sowieso nichts mehr von mir, wir schlafen nur im Dunkeln miteinander und dies auch nur selten, was soll dann der teure Fummel? Meine Figur quillt an den Seiten eh nur heraus, ich mache mich zum Gespött für ihn.

Traurig öffnete sie die Wohnungstür. Er war noch nicht zu Hause, wie so oft. Sie erinnerte sich an das Gespräch neulich, in welchem sie angesprochen hatte, was sie bedrückt, seine abwertenden Blicke ihr gegenüber. Sie machte sich einen Salat und eine Hühnerbrühe zum Aufwärmen, denn auch um ihr Herz wurde es kalt. Sie fühlte sich einsam, obwohl sie in einer Beziehung war, unglaublich. Sie überlegte schon, die gekaufte Unterwäsche in den Laden zurückzubringen.

Tief in Grübeleien versunken, hörte sie, wie er die Wohnungstür aufschloss.

„Hallo", sagte er noch vom Flur aus, zog seine Jacke aus, kam dann zu ihr in die Küche, und gab ihr einen flüchtigen Kuss auf die Wange.

„Oh Salat, hast du noch etwas für mich übriggelassen?" Erst jetzt bemerkte er, dass sie in sich gesunken dasaß. „Ist irgendetwas?"

Dass er es überhaupt mitbekam, wunderte sie ein wenig, das musste sie zugeben. Vielleicht war sie ihm ja doch nicht ganz so egal, wie sie annahm?

„Nein, es ist, naja", stammelte sie, „ich habe nachgedacht, nichts Besonderes."

Inzwischen schnitt er sich etwas frisches Gemüse für den Salat, öffnete eine Flasche alkoholfreies „Sportlerbier" und setzte sich zu ihr.

Eigenartig. Das machte er auch nicht oft, dachte sie noch so.

Er lächelte sogar ein wenig. Jetzt war sie ganz verblüfft.

„Wie war dein Tag?", fragte sie ihn.

Es stellte sich heraus, dass er heute erfahren hat, dass ein Kollege sich getrennt hatte und das Gespräch mit dem

Kollegen hat ihn zum Nachdenken über seine eigene Beziehung gebracht auf der Rückfahrt von Arbeit.

Sie quatschen noch eine Weile.

Sie zieht die neue Wäsche schon heute an

Er ist erst abweisend, überlegt es sich dann anders, ihm fällt das mit dem Kollegen wieder ein und wie der Kollege ihm ins Gewissen geredet hat und schließlich lieben sie sich leidenschaftlich…

Auch diese soeben gelesene Episode oder Geschichte gibt es tausendfach, jeden Tag in irgendwelchen Wohnungen, Häusern, zwischen Paaren, egal welchen Alters.

Wie denkst du? Erkennst du dich in einer der Geschichten wieder?

Weihnachten gilt als das Fest der Liebe. Aber: warum nur Weihnachten an Liebe denken?

Suchst auch du Nähe, allein als Single, oder, obwohl du mit jemandem zusammen bist oder verheiratet? Findest du Nähe – im Außen und auch in deinem Inneren?

Nach mehreren Jahren einer Beziehung oder Ehe kommen bei den meisten die gleichen Fragen. Sicher geht es dir auch so.

Die nächsten Sätze und Aussagen kommen dir bekannt vor, denn auch du denkst so, ab und zu vielleicht? Damals ...

Damals, während und nach dem Kennenlernen, hatten wir viele Gemeinsamkeiten, haben viel gequatscht über alles, was uns so einfiel, warum geht das heute nicht mehr so einfach? Warum schämen wir uns manchmal, etwas anzusprechen, wo wir doch so vertraut sind miteinander über die vielen Jahre hinweg.
Wir hatten aber auch schon viele unterschiedliche Ansichten damals, zum Beispiel wollte ich ... und du ....

Aber wir haben uns immer mit Kompromissen wiedergefunden und Höhen und Tiefen gemeistert. Ich meine, uns ging es noch vergleichsweise gut, wenn ich an andere Freunde und Kollegen denke, was die im Leben durchgemacht haben und aushalten mussten. Andere haben ganz andere Herausforderungen und Probleme zu meistern gehabt, bei uns verlief es noch relativ normal. Vielleicht hat uns das zu Routine bis zu gewisser Langeweile gebracht, ohne dass wir schätzen lernen konnten, was wir Gutes haben.

Warum sollten wir nicht jetzt genießen, wer weiß, wie lange wir noch gesund sind.

Jetzt, da die Kinder aus dem Haus sind und wir nur noch zu zweit im Haus sind, sollte es doch einfacher sein, zu machen, was wir wollen. Aber irgendwie sind wir verklemmt. Ich meine nicht nur, was den Sex betrifft, nein, auch nur einfache Lebensweise. Man schämt sich für seine harmlosen Wünsche, wie zum Beispiel einfach mal nichts zu tun und auf dem Sofa lümmeln, eine alte Filmschnulze sehen. Der andere könnte es ja blöd finden. Warum machen wir es nicht wie in unseren Anfängen damals?

Was hindert uns daran, so zu sein, wie wir es wollen, jeder von uns auf seine Art und Weise. Gut, wir kennen uns in- und auswendig, denken wir zumindest.

Du bist oft mürrisch. Ich weiß doch, dass du eine stressige Arbeit hast, aber es gibt doch noch mehr als Arbeit, Entspannung gehört doch auch dazu.

Nähe haben wir beide damals immer gewollt, sagte sie und streichelte dabei sanft seinen Rücken. Es muss ja nicht immer mit Sex zu tun haben. Oder nicht nur, wenn Alkohol unser Hirn vernebelt und in Stimmung bringt, es geht doch auch anders, mmh?

Ich habe im Moment keinen Nerv dafür.

Warum nicht? Zärtlichkeiten, wie Streicheln, entspannen doch, das ist doch das Gegenteil von Stress? Eine Pause entstand dann fragte sie: Hast du eine Andere?

Was? Nein!

Solche und ähnliche Frage-Antwort-Spiele kennt doch fast jeder, der jahrelang in einer Beziehung lebt. Brauchen wir aber Nähe? Ist Single-Dasein mit den tollen Freiheiten nicht doch das Wahre? Vielleicht eine „Freundschaft plus"?

Viele von uns bleiben allein, weil sie in vorherigen Beziehungen verletzt, gedemütigt und abgewertet wurden und dies in Zukunft nicht mehr wollen, unter keinen Umständen!

„Ich bin Single.", ist eine Aussage von sehr vielen Leuten.

„Bist du es freiwillig?", fragt jemand.

Die Antwort oft: *„Jein."*

Wir haben meist mehrere Beziehungen durchlebt, Trennungen, Frust und Freude, Leidenschaft und am Ende Tränen, Schock erlebt. Das kennst du sicher auch. Eine Zeit lang sagte man zu sich selbst und auch zu anderen, wenn man gefragt wurde, man sei gern Single. Allein leben hat viele Vorteile: man kann machen was man will und muss keine Rücksicht auf einen Partner nehmen.
Klar, wir Menschen sind unterschiedlich und jeder hat eigene Wünsche, Vorlieben und Ansprüche.
Für manche ist Fremdgehen der Kick (den sie unbedingt brauchen), jederzeit erwischt zu werden. Und so wird die Heimlichtuerei durch dieses Kickgefühl noch interessanter. Eine offene Beziehung kommt für solche Menschen nicht in Betracht, denn das wäre sicher dann auch langweilig, oder?

Es ist schwer, die Richtige oder den Richtigen zu finden. Man muss zunächst erst einmal sich selbst im Klaren sein, was ich will und wie weit ich Kompromisse eingehen kann, um auf Dauer zufrieden zu sein. Und was heißt auf Dauer? Keiner kann in die Zukunft schauen. Wenn Partner Eltern werden ändert sich auch sehr viel. Auch Krankheiten oder unvorhergesehene Ereignisse sind eine Belastungsprobe für eine Beziehung.

Daher gibt es auch so viele Singles. Viele freiwillig, viele aber nicht. Manche würden schon gern etwas Nähe haben, aber bitte auch nicht zu viel und nicht ständig um sich herum. So dachte ich auch eine Weile. Wie wäre es, wenn man eine Freundschaft plus hätte. Also einen Freund zum Reden und auch ab und zu etwas kuscheln und prickelnde Erotik. Wäre doch an sich nicht schlecht, oder?

Aber da gibt es immer noch zwei Menschen. Jeder will etwas, jeder braucht etwas. Lässt sich dies immer in Einklang bringen, und zwar, ohne, dass einer leidet? Manchmal will einer mehr Nähe, der andere wenig. Unterschiedliche Vorstellungen von Erotik und Sexpraktiken und dann sind da doch Gefühle und Emotionen. Nämlich Eifersucht, Wut, Traurigkeit, Resignation. Was, wenn der andere sich zu selten meldet? Hat er noch weitere Affären oder Freundschaft plus - Avancen? Vertrauen gehört hier ebenfalls dazu. Aber Vertrauen kontra Kick – dies ist hier genau wie in Beziehungen auch.

Was ist eine Beziehung und wo beginnt sie? In Beziehung stehen kann ich auch mit mir selbst, diese These stelle ich Mal ganz lapidar auf. Auch bei unverbindlichem Sex bin ich in einer Beziehung mit einem anderen Menschen. Sex ohne Gefühl und Emotion geht sowieso gar nicht, oder? Eine gewisse Vertrauensbasis liegt auch hier sozusagen mit im Bett. Gerade, wenn es sich um Krankheitsvorbeugung und ungeschützten Sex handelt, will man wissen, ob man der einzige Sex-Partner ist.

Sind wir doch einmal ehrlich zu uns selbst, denn wir sind Menschen mit Gefühlen. Die Gefühle lassen sich nicht einfach an- und ausschalten wie eine Lampe.

Neurowissenschaftler könnten dies sicher auch aufgrund unserer menschlichen „Bauweise" und der Gehirnstrukturen belegen. Aber wir merken es doch selbst, denn wir fühlen es. Wir spüren das Kribbeln im Bauch oder auf der Haut. Und ob der Sex am Ende schön und berauschend war und wir befriedigt sind, hängt auch mit den Gefühlen zusammen. Mit uns absolut unsympathischen Menschen könnten wir auch keine Erotik erleben, wir könnten es einfach nicht.
Kompromisse sind überall im Leben notwendig.

Liebe (vom Herzen) entkrampft. Was ist das Richtige und was brauche ich, um zufrieden und befriedigt zu sein.

Kenne ich mich selbst gut genug? Weiß ich schon alles über mich, wie ich bin und warum ich so bin?

Keiner kann sagen, was richtig oder falsch ist. Keiner hat das Wissen und keiner lebt dein Leben.

Aber wie du heute bist und was du brauchst, entstammt der Prägung aus deiner Vergangenheit und deines Lebenslaufes.

Brauche ich Liebe vom Herzen und mit Gefühl? Machen wir nicht nur Weihnachten zum Hype der Liebe!

Liebe, zum Beispiel, ist doch an sich schon ein sehr dehnbarer Begriff.

Manche sagen, Liebe ist ein Gefühl, eine Emotion. Jeder empfindet Liebe anders. Für manche Menschen ist bereits Sex die Liebe. Also, wir sehen, hier gibt es auch schon vielerlei Ansichten und kontroverse Einschätzungen, was die Liebe nun eigentlich bedeutet. Viele Musikstücke, Filme und literarische Werke handeln von der Liebe und von Dramen, die sich auch mit ihr in Zusammenhang bringen lassen. Denken wir hier nur an Liebeskummer nach einer „verlorenen" Liebe, also eines anderen Menschen und dessen Liebe.

Kann man Liebe überhaupt verlieren und um welche Liebe handelt es sich hier? Und: können wir uns selbst auch so sehr lieben, dass wir vollkommen wären, auch ohne Partner neben uns?

Einige sagen, dass es nur Liebe oder Angst geben kann. Zwei Pole, der eine Pol ist die Liebe, der andere Pol ist Angst.

Seelenpartner ist auch ein Begriff, der im Moment recht häufig verwendet wird. Man sucht einen Partner für die Seele. Schon seit langem bezeichnen wir als „ein Herz und eine Seele" Menschen, die sich sehr gut verstehen. Das sind dann Seelenpartner, oder?

Ein Seelenpartner könnte doch auch ein Gegenstand sein? Es gibt Menschen, die haben eine Art Liebesbeziehung zu ihrem Kühlschrank oder zu Gegenständen (wir lieben auch Taschen und Schuhe - naja, Klischee über Frauen), jedoch sind diese nicht lebendig.

Nur, wenn dein Partner auch deine Schwächen liebt oder zumindest akzeptiert, ist es ein echter Seelenpartner (das ist meine Meinung, die aber nicht richtig sein muss), denn dann berührt er dich in deinem Innersten und nimmt dich so an, wie du bist. Jeder hat schwache und starke Seiten und schwache und starke Momente. Aber: wer bewertet, was stark und schwach ist und was negativ oder positiv ist? Niemand. Keiner hat das Recht dazu.

Aber, auch du darfst dich so annehmen, wie du bist. Das ist vielleicht die Grundvoraussetzung für einen Seelenpartner. Sei du dir selbst erst einmal der Seelenpartner, und zwar in jedem Moment des Alltags. Ich denke, dann kann dich beispielsweise auch niemand verletzen. Vieles hängt hier mit dem Bewerten zusammen, welches wir ständig im Alltag vornehmen.

Geschenke für dich (nicht nur zu Weihnachten und zum Geburtstag)

Du hast bestimmt schon viele Geschenke erhalten in deinem Leben? Warst du immer zufrieden damit? Sicher nicht, bereits als Kind hast du schon den einen oder anderen Wunsch zum Geburtstag oder an Weihnachten nicht erfüllt bekommen. Du wolltest einen „echten" Hund und hast dann einen Spielzeughund bekommen, na toll! Oder du hast dir eine bestimmte Puppe gewünscht oder es sollte unbedingt dieses gelbe Auto sein und was dann da lag auf dem Tisch oder unter dem Tannenbaum, war damals nur ein Grund zum Heulen für dich.

Auch als Erwachsene können wir uns viel wünschen, doch nicht immer bekommen wir das, was wir möchten. Unsere Wünsche werden oft nicht beachtet und auch Geschenke sind nicht immer das, was wir wirklich haben wollen. So gibt es schöne, willkommene Geschenke und eben auch andere, naja, sagen wir mal, etwas zweifelhafte. Aus manchen zunächst rätselhaften Präsenten kann man noch etwas daraus machen, diese also ein wenig abändern und verschönern, um damit zufrieden zu werden und Freude daran zu haben.

Was sind deine Bedürfnisse? Hast du dir einmal überlegt, was dir gut tut und was du mit Freude machst, egal, ob es in der Liebe ist oder generell in deinem Leben? Das Leben ist ein Geschenk, es wurde uns geschenkt.

Gefühle, Wünsche und Bedürfnisse

Ich behaupte noch einmal, dass wir im Inneren immer noch Kinder sind. Wir sind die gleichen Wesen, nur groß gewachsen und geprägt durch Erlebnisse und Erfahrungen. Wir sind alle sensibel und mit Gefühl ausgestattet, zur Welt gekommen (außer bestimmte Erkrankungen, welche meine Behauptung relativieren könnten).

Heutzutage, als Erwachsene, finden wir die ganze „Fühlerei" sei unmodern, „ist etwas für Weicheier", solche und ähnliche Sprüche sind uns dann im Kopf.

Aber werde dir dessen bewusst: Spätestens, wenn dein Körper nicht mehr das macht, was du willst und sich Rückenbeschwerden, Knieprobleme, Kopfschmerzen und viele andere Symptome einstellen, ist es ratsam, zu fühlen, was dein Körper braucht.

Dein Körper sagt es dir dann durch Schmerzen, denn Schmerzen sind ein Warnsignal, auch und insbesondere von der Seele.

Wenn du Hunger hast und dein Magen knurrt, isst du ja meist auch etwas, um diesen Hunger zu stillen. Dies ist auch ein Körpergefühl.

Körper, Geist und Seele machen uns als Mensch zu dem, was wir sind. Dazu zählen Gefühle und auch Emotionen.

Deshalb frage ich dich jetzt an dieser Stelle hier: Wie fühlst du dich gerade? Was fühlst du jetzt in diesem Moment? Bist du fröhlich, bist du nervös, traurig, gestresst oder fühlst du dich allein oder „na geht so"? Wie fühlt sich dein Körper an, wie fühlen sich die Beine an usw.?

Du fühlst nichts? Na, nichts geht nicht. Aber mach dir nicht schon wieder Stress „ich muss ja was fühlen, wenn sie in dem Buch so fragt".
Aber spüre einmal, wie warm oder kalt es gerade im Zimmer oder draußen ist. Siehst du, du fühlst etwas, und zwar über die Haut, nämlich Kälte oder Wärme, den Wind etc. Erst dann denkst du, „oh es ist kalt heute, ich muss eine Jacke anziehen".

Was als erstes da ist, das Gefühl oder der Gedanke, darüber lässt sich diskutieren, dies nur am Rande.

Also, du fühlst etwas, und wenn es auch nur kalt oder warm, äußerlich über die Haut wahrgenommen, ist.

Wie fühlst du dich nun im Inneren? Ist da ein Wohlbehagen? Bist du traurig?

Freust du dich sehr über etwas? Nichts, nix? Aber irgendetwas ist immer. Irgendein Gefühl ist immer da, wir bekommen es im Allgemeinen nicht so mit und hier liegt auch die Gefahr. Denn während wir im Hamsterrad so rennen, ja sogar vor uns selbst wegrennen, schlummert das Gefühl etwas tiefer versteckt in uns. Gefühle werden unterdrückt oder heruntergespielt. Wir müssen ja funktionieren.

„Ja, ich bin traurig, aber das ist keine große Sache. Ich bin gestresst, aber das sind wir alle. Ich bin nervös, aber ich soll mich nicht so haben. Ich soll nicht so empfindlich sein und das nicht so hochspielen."

Wer sagt das zu dir? Du selbst, deine innere Stimme? Ist es deine innere Stimme, die das schon verinnerlicht hat, was von außen ständig gesagt wird, vielleicht sogar schon seit deiner Kindheit? Sind es andere – wie Kollegen, Freunde, Partner?

Wir alle sind sensibel. Keiner will verletzt werden, jeder fühlt etwas. Oft sind viele Gefühle und Emotionen gleichzeitig da, der Mensch ist komplex und wir haben zigtausende Gedanken in der Minute, ja sogar in der Sekunde, zu verarbeiten. Jeder, der verletzt und gedemütigt wurde, baut eine Mauer zum Schutz um sich, die oft schon als Kind fundamentiert wurde.

Glaube mir, denn ich habe es selbst schon erlebt, dass die, die am stärksten „immer diese Gefühlsdudelei" und „das sind doch Weicheier" nach außen posaunen, innen ganz sensibel sind. Wenn du sie allein triffst, sind sie dir gegenüber offen, aber in der Gruppe spielen sie die starke Rolle.

Allein zu Hause in ihrem stillen Kämmerlein weinen auch diese Menschen, so groß kann die Verletzung sein. Oder man erlaubt sich nicht einmal, zu weinen, selbst wenn man allein zu Hause ist.

Wie absurd sind wir Menschen nur, denn für die Verletzung und Demütigung, die uns zugefügt wurde, haben wir selbst keine Schuld.

Dabei wäre es so wichtig, auch zu heulen, es kann den Schmerz der Vergangenheit lösen.

Manchmal hilft Heulen, wenn es bei dir so ist, dann heule. Nach dem Heulen sieht man vieles klarer und es geht einem meistens besser. Und: auch Männer dürfen heulen! Ich sage hier Heulen statt Weinen, denn Weinen will wieder keiner hören (das erinnert dann wieder an Weichei), obwohl wir alle Weicheier sind, denn wir sind alle, mit Gefühl ausgestattet, auf die Welt gekommen.

Haben wir verlernt, Gefühle haben zu dürfen?
Warum sind wir Menschen so. Was machen wir uns selbst vor?

Wissen wir, was wir eigentlich sind und was wir brauchen, was wir wollen und uns von Herzen wünschen?

Wie gesagt, spätestens, wenn dein Körper streikt, ist es Zeit, etwas zu ändern, nachzudenken und in sich zu spüren. Wir haben es nur verlernt.

Bedürfnisse

Hast du heute schon mehr „Sollen" und „Müssen" erlebt oder mehr „Dürfen", „Können und Wollen"? Sei ehrlich! Sei ehrlich zu dir selbst. Oder hast du auch deine Bedürfnisse wieder klein geredet, wie „ach, die sind nicht so wichtig"?

Sollen und Müssen – was uns von außen gesagt wird, wie wir sein sollen, beispielsweise „uns nicht so haben" ist das Eine.
Das andere Sollen und Müssen ist im Tun und Handeln, „man muss zur Schule gehen, man muss zur Arbeit fahren, muss und soll dies und das tun oder machen".

Was sind deine Bedürfnisse, was sind deine Werte, was ist dir wichtig?
Was ist im Moment der Bedarf deines Körpers, deiner Seele?

Wenn du zum Beispiel müde bist, dann ruhe dich aus. Dein Körper zeigt es dir, er ist klug und macht dies nicht ohne Grund. Hast du Hunger, dann isst du etwas, ist dir kalt, dann ziehst du dir etwas mehr an. Es gibt Grundbedürfnisse und dann gibt es auch andere

Bedürfnisse, aber es sind deine eigenen. Es sind auch Wünsche, deren Erfüllung ebenso wichtig ist. Es hängt auch mit deinen Werten zusammen, was du dir wünschst und was du benötigst, um ein zufriedenes Leben zu führen.
Auf Dauer unzufrieden zu sein, macht einen verbitterten Menschen aus einem.

„Ja, ich möchte so gern..., aber..." (und da kommt es), unsere aufgezählten Gründe, warum dies und das nicht geht, nicht funktioniert usw., sind unendlich.

Damit bist du nicht allein.

Aber warum machst du eigentlich nicht das, was du dir von Herzen (seit langem evtl. schon) wünschst? Was steht dem entgegen? Das Leben rast, glaube mir, ich bin ja schon „Ü50" und rückblickend frage ich mich, wo die Jahre hin sind. Im Alter von 20 Jahren lacht man noch darüber. Wenn jemand sagt, wie schnell die Kinder groß werden, winkt man ab und belächelt auch das. Und plötzlich ist man 40, 50 oder älter.

Es geht mir hier nicht um die Selbstfindung und Selbstverwirklichung und Selbstoptimierung! Es geht nur um die einfachsten Herzenswünsche, die so oft auf der Strecke bleiben. Ich möchte so gern…

Was möchtest du gern? Denk darüber nach und dann los, mache es! Mache es jetzt oder beginne es jetzt, bereite es wenigstens vor und plane, wenn es größere Sachen sind.

Du kannst es nicht, weil…
… es andere als „blöden Traum, Tagträumerei" usw. beschreiben würden, wenn sie auch nur deinen Wunsch je erfahren und wenn du es verwirklichst, dich als „Spinner/in" abwerten?

Was sind generell deine Bedürfnisse?

Werde dir dessen bewusst.

Ah, bewusst werden, tolles Wort. Schon wieder dieses Bewusstwerden. Langsam nervt das.

Aber gehen wir noch einmal zum Anfang zurück, zum geboren werden. Wir sind zwar anwesend, aber wir sind uns selbst nicht bewusst und das, was uns umgibt, wo Grenzen sind usw., ist uns unbekannt.

Als Kinder entwickeln wir dies erst nach und nach. Kinder haben feine Antennen. Als Kinder nehmen wir alles um uns auf und wenn wir getadelt werden, sind wir verletzt und wenn es nach unserem Empfinden ungerecht ist, getadelt zu werden, entwickeln wir Wut.

Wenn wir, wenn unser Dasein, ignoriert werden, entwickeln wir kein gutes Selbstwertgefühl. Wenn Angst ständig vorgelebt wird oder wir bedroht werden, entwickeln wir Angst schnell bis zur „Überangst". Das alles erscheint erst einmal logisch.
Die Wiederholungen dieser Erfahrungen im Kindesalter, machen erst das Problem.

Als kleine Kinder sind wir hilflose Wesen und völlig den um uns lebenden Menschen ausgesetzt. Wir haben keine Wahl, auch in Bezug auf Bedürfniserfüllung. Es wurde uns vielleicht als Kind gesagt, wir seien zu anspruchsvoll, es ist nicht genug Geld da, was wir immer wollen, lieb sind wir ja auch nicht usw. Also spielen wir uns und unsere Bedürfnisse herunter, machen sie klein, um nicht maßlos zu erscheinen.

Erst als Erwachsene haben wir eine Wahl, auch wenn wir stark, sehr stark sogar, eine Prägung aus dem Kindes- und Jugendalter mit uns herumtragen. Was 14 Jahre oder viele Jahre mehr „eingetrichtert" wurde, kann nicht mal eben in 2 Jahren verschwinden. Auch heute noch werden wir geprägt, das hört nie auf. Je mehrt wir nach dem Außen schauen, umso mehr prägt uns unser Umfeld.

Aber zurück zu deinen Bedürfnissen. Du hast Bedürfnisse. Die mindesten dürften sein: im Frieden leben, ein Dach über dem Kopf, Kleidung, satt zu essen und zu trinken.
Wenn du kämpfst, kannst du, zumindest bei uns in Deutschland, das alles haben. Wie gesagt, manchmal musst du auch dafür kämpfen und dich kümmern, aber du kannst es haben, ist meine Meinung und meine Erfahrung. Denn ich weiß, wovon ich spreche, wenn es sich „um die Wohnung kämpfen" handelt und auch ich habe das Arbeitsamt von innen gesehen.
Was sind deine weiteren Bedürfnisse? Was brauchst du zwingend, um zufrieden zu sein?
Sind es das große Auto nur für dich allein, ein Schloss oder eine Villa, ein Boot, ein Zweitwagen?

Oder reicht dir ein minimalistisch ausgestattetes Leben? Was ist dein Mindestbedarf und was wäre als Traumverwirklichung schön?

Keiner, auch wirklich keiner, hat das Recht (und das Wissen dazu), dir zu sagen, was richtig oder falsch ist. Das ist meine Meinung. Aber ich möchte auch hier nochmals betonen, dass dies immer nur in dem Maße erlaubt ist, wo niemandem Schaden zugefügt wird durch dein Denken und Handeln.

Was sind die Gegebenheiten in deinem Leben? Was kannst du tun, um deine Bedürfnisbefriedigung zu erreichen? Mit welchem Aufwand, welchen Kosten und ist es das dann noch wert, wenn z. B. deine Gesundheit unter Stress leidet.

Ist es wert, 60 Stunden zu arbeiten und dann irgendwann zu erkranken? Motto dabei „Ach, das wird mein Körper schon aushalten..."?

Bist du dir dessen selbst bewusst? Jetzt, da du erwachsen bist? Was möchtest du, weißt du das?
Wie wirken deine kindlichen Prägungen jetzt (noch).

Willst du oder wolltest du z. B. studieren und Arzt werden, nur weil es deine Eltern sich so wünsch(t)en von dir? Sie woll(t)en nur das Beste für dich? Ist es das wirklich? Woll(t)en sie nur ihre eigenen Ansprüche erfüllen, haben sie ihre Träume nicht verwirklicht in ihrem Leben und denken, dass das jetzt gut für dich wäre?

Durch Bedürfniserfüllung schaffst du Selbstzufriedenheit, ganz einfach, indem du dir überlegst, was du am liebsten machen würdest. Achte hierbei nur nicht auf das, was andere sagen oder denken. Nur du, was du gern machen möchtest, zählt, Beispiel Arbeit: kannst oder konntest du den Wunschberuf erlernen mit deinen Möglichkeiten oder als Hobby usw.? Spiel es träumerisch durch. Ja, hier darf sich dein inneres Kind mal austoben und wieder träumen. Wer sagt, dass das falsch ist, wer behauptet das und warum muss dies richtig sein, was andere sagen?
Es gibt kein richtig oder falsch (außer wenn andere Schaden nehmen dadurch!).
Der Perfektionsdruck von außen und der, den wir uns selbst auferlegen, hindert uns.
Du kannst es aber selbst entscheiden, und, wenn dein Wunschberuf sich später für dich als nicht mehr passend

erweist, dann kannst du natürlich neu überlegen mit deinen inzwischen gemachten Erfahrungen und Möglichkeiten.

Das hohe C ist es, wenn du es schaffst, deine Körperreaktionen (Intuition) zu erspüren. Das ist gar nicht so schwer, denn, wenn du frierst, spürst du es auch, oder? Aber auch intuitiv habe ich zum Beispiel manchmal gar keine Informationen von meinem Körper, wenn ich sie brauche. Das ist ganz unterschiedlich.

Ich übe hier noch. Leicht kannst du es trainieren, indem du wahre und falsche Aussagen mal testest und spürst, welche Körperreaktionen sich dann zeigen.

Welche deiner Bedürfnisse ignorierst du selbst und warum und welche sind zu kurz gekommen?

Klar, manche Wünsche müssen im Alltag zunächst ignoriert und verschoben werden, aber du brauchst einen Ausgleich.

Werden Bedürfnisse immer wieder unter den Teppich gekehrt, kann sich auch daraus eine Wut entwickeln. Neid auf andere, die dieses und jenes geschafft haben, die eine vermeintlich bessere Figur haben oder oder oder sind ebenfalls Anzeichen dafür.

Deshalb ist es so wichtig, sich selbst bewusst zu werden, welche Fähigkeiten habe ich, welche Bedürfnisse, wie gehe ich mit Gefühlen um und welche Gedanken sind in mir. Ah, mir meiner bewusst sein. Ist dies das Selbstbewusstsein? Deutlicher wird es, wenn ich es so schreibe: sich-Selbst-bewusst-sein.

Selbstbewusstsein und Selbstwert

Jeder Mensch freut sich, wenn er etwas geschafft hat, ein Ziel erreicht und wenn er bejubelt wird, nicht nur Künstler und Sportler, auch wir als kleine „Hanseln".

„Bejubele dich selbst", wird neuerdings oft geraten, „finde dich selbst und dein Potenzial", „Selbstverwirklichung" und „Selbstoptimierung" sind Begriffe der jüngsten Zeit.

Wir wollen es nicht übertreiben und ganz langsam anschauen, was dahintersteckt.

„Ich soll mich selbst bejubeln?"

„Wofür?", fragst du dich.

„Und ist das nicht egoistisch, selbstherrlich oder arrogant?".

„Nein, das mache ich nicht".

Wofür sollst du dich denn selbst bejubeln? Na, erst einmal, dass du auf der Welt bist. Du bist so, wie du bist, schon mal nicht schlecht. Du leistest auch etwas, für dich und für alle Mitmenschen, auch die kleinen Dinge sind wichtig.

„Was leiste ich denn", überlegst du im stillen Kämmerlein so vor dich hin.

Uns fällt es so schwer, uns selbst vernünftig und realistisch einzuschätzen.
Warum ist dies so? Oft merken wir nicht einmal, wie schlecht wir über uns selbst denken, denn wir finden ja nichts, wofür wir uns bejubeln können. Wir sind oft zu hart mit uns selbst und dadurch auch zu anderen, ohne dies überhaupt festzustellen.

Stammt dies aus den harten Kriegs- und Nachkriegsjahren unserer Eltern und Großeltern, die uns ihre Sichtweise weitergegeben haben, wie „hab dich nicht so", „Augen zu und durch" oder „Indianer kennen keinen Schmerz"? Heute ist ja eine ganz andere Zeit mit anderen und neuen Herausforderungen. Es gibt ständig neue technische Entwicklungen, die wie immer Fluch und Segen zugleich sein können, wenn wir sie nicht maßvoll anwenden und dann wegen Überforderung (unbemerkt und schleichend) kollabieren. Immer mit der innerlichen Härte von damals rennen wir durch die neue Zeit. Alles und ohne unsere Gedanken zu prüfen. Ist das der Grund für fehlende realistische Selbsteinschätzung?

Wir sind uns selbst nicht bewusst über uns und unser Verhalten. Fehlt uns das Selbst-bewusst-sein oder was ist es? Ich habe es absichtlich so geschrieben, um damit etwas deutlich zu machen.

Selbstwert(gefühl) – brauche ich das?
Alles nur Gerede?

Echtes Selbstwertgefühl kommt vom Herzen, Selbstüberschätzung vom Ego, finde ich. Dies wird oft verwechselt.

Aber der Reihe nach…

Wenn du das Wort Selbstwertgefühl liest, erahnst du fast schon, was es bedeutet: Selbst und Wert und das Gefühl.

Du gibst dir selbst einen Wert. Du bist selbst etwas wert. Und: es ist wichtig, dass du deine Werte und Wertvorstellungen erkennst und lebst. Denn, wenn du ständig gegen deine inneren Werte arbeitest, wird alles sinnlos für dich. Auf jeden Fall musst du natürlich deine Werte hinterfragen, ob diese niemandem Schaden zufügen könnten!

Dein Selbstwert ist so wichtig. Sage dies am besten jeden Morgen in dein Spiegelbild bzw. zu dir selbst:

Ich bin wertvoll, so wie ich bin.

Hier möchte ich betonen, dass es wichtig ist, anderen nicht zu schaden. Dann bist du gut so, wie du bist.

Ich muss mich nicht verbiegen, wie es andere von mir wollen. Ich habe einen Wert und kann meine Werte leben so wie jeder andere auch seine Werte leben kann.

Gutes Selbstwertgefühl zu haben ist eigentlich Problemlöser Nr. 1 von vielen Problemen im Alltag, aber, wenn du dieses gute Selbstwertgefühl eben nicht hast, ist das ein „Problemschaffer",.

Wenn du dir selbst sagst, dass du gut und vollkommen bist, ist das wie eine sichere Bank und wie ein sicheres Haus, von dem aus du fast alle Widrigkeiten und Probleme lösen kannst.

Wenn du eine Arbeit gut verrichtest, kannst du es gut bewerten, erst recht, wenn du diese Arbeit als sinnvoll erachtest. Bei Nichtgelingen machst du es nächstes Mal einfach besser, planst besser, probierst die Möglichkeiten, testest und gibst dir bei der Ausführung etwas mehr Mühe.

Es ist kein Scheitern. Es gibt keinen perfekten Weg, keine perfekte Lösung. Niemand ist perfekt.

„Ich habe so viel Tolles schon geschafft im Leben, warum ziehe ich mich selbst immer wieder runter, manchmal merke ich es selbst gar nicht, es läuft automatisch in meinem Inneren ab."

Diese Worte kommen dir bestimmt bekannt vor. Du wertest deine eigenen Leistungen noch selbst ab, ganz im Inneren, oft unbemerkt.

Wenn du selbst schon hohe Qualitätsansprüche hast, weil du dich auf einem Gebiet gut auskennst und arbeitest hart daran, erwartest du auch von anderen Menschen eine gute Rückmeldung. Wenn dann andere kommen, die dich auf diesem Gebiet nicht einschätzen können, und reden dich klein, frustriert dich das. Selbst wenn welche, die sich da auskennen, aber andere Ansprüche haben, dich abwerten, dann zieht dich das auch runter.

Bei wenig Selbstwertgefühl wird es dann zum Schaden für dich.

Wenn du dann noch über deine Leistungsgrenzen hinweg immer tausend Prozent geben willst, z. B. in der Arbeit, in der Familie, bei Freunden und Bekannten, und nicht genug

Anerkennung zurück kommt zu dir, wirst du müde, unzufrieden, teilweise macht sich eine Sinnlosigkeit breit, traurig bist du und irgendwann krank.

Und deine Abwärtsspirale verstärkt sich mit Erkrankung dann auch noch, weil du dir außerdem noch nutzlos vorkommst, obwohl du dich so abkämpfst. Sieht denn niemand, was du leistest?
Es kommen psychosomatische Symptome, am Anfang relativ harmlos, wenn sie ignoriert werden, verstärken sie sich, bei mir war es Migräne und Erschöpfung bis zum Burnout.

Durch diese Symptome zeigt dir dein Körper, dass es so nicht mehr geht, die Seele schickt teilweise auch den Körper vor, denn die Symptome (Magen-Darmprobleme, wie Durchfall oder Rückenschmerzen und Knieprobleme, die zu Unbeweglichkeit und Unmöglichkeit der Fortbewegung führen können), kannst auch du dann nicht mehr ignorieren.

Viele Ärzte erkennen das auch schon, aber viele eben nicht. *„Sie wollen ja nicht, reißen Sie sich mal zusammen!"*, kommt dann als Spruch.

Körper, Geist und Seele gehören nun mal zusammen, ist nicht nur meine Meinung, ohne jetzt spirituell sein zu wollen. Es ist einfach so. Körper und Seele und Geist können sich wechselseitig beeinflussen. Ein entspannter Körper wirkt beruhigend auf dein seelisches Wohlbefinden und umgekehrt. Mit deinem Geist, also deinem Denken, kannst du deinen Körper zur Ruhe bringen. Wenn deine Seele Schmerzen hat, so musst du das genau so ernst nehmen, als wenn du Durchfall hast, denn da bist du gezwungen, was zu unternehmen und kannst z. B. nicht nach draußen gehen. Ich habe mit Absicht dieses Darmproblem ausgewählt, damit du anhand dieses krassen Beispiels erkennst, wie man sich auf körperliche Sachen konzentriert, aber die seelische Gesundheit wird oft als nicht so wichtig erachtet, selbst wenn dort Symptome auftreten können. Seelische Schmerzen äußern sich ja gerade auch oft durch körperliche Symptome. Sieh, wenn du aufgeregt bist, grummelt es im Bauch, da haben wir den Beweis.

Krank werden will niemand und soweit muss es nicht erst kommen, stimmts?

Selbstwertgefühl ist das A und O. Das ist die Basis deines Lebens, denn das bist du selbst und wie du dich siehst im Leben. Deswegen: Du bist gut so, wie du bist.

Wenn es in einer Partnerschaft richtige Liebe ist (also dein Seelenpartner, der dein Innerstes liebevoll und wertschätzend berührt), hilft es dir auch, gutes Selbstwertgefühl zu entwickeln und zu haben. Der richtige Partner im Leben will, dass es einem gut geht. Man kann auch wachsen aneinander, wenn man ehrlich zueinander ist, aber das Selbstwertgefühl darf auf Dauer nicht durch den anderen Partner verletzt werden. Dann stimmt etwas nicht mit eurer Beziehung.

Viele tragen aus der Kindheit Verletzungen in sich, zum Teil völlig unbewusst. In der Kindheit hast du vielleicht nicht die volle Aufmerksamkeit bekommen und damit fehlte und fehlt noch immer deine Daseinsberechtigung,
Liebe wurde mit Leistungen verknüpft, von deinen Eltern, Verwandten oder Lehrern und du hast dort eventuell auch (manchmal ungerechte) Abwertung erfahren müssen.

Kinder haben feine Antennen und beziehen alles auf sich (auch negatives und haben dabei ein Gefühl der Ablehnung und Schuldgefühle).

Aber: auch Eltern, Lehrer und weitere Bezugspersonen haben dich nicht immer mit Absicht abgewertet. Sie hatten und haben ihre eigenen Probleme und deine Eltern vielleicht auch wenig Zeit für dich, da sie arbeiten mussten und andere Geschwister zu versorgen waren usw.

Und: sie haben es nicht besser gewusst. Heute weiß man, wie wichtig es ist, den Kindern direkte Aufmerksamkeit zu schenken und unseren Kindern, Enkeln, Urenkeln usw. ein gesundes Selbstwertgefühl mitzugeben.

Ich muss nicht um die Liebe und Zuwendung anderer Menschen betteln, auch du nicht.

Werde dir dessen bewusst. Jetzt bist du erwachsen und kannst selbst aufwerten, was gefehlt hat.

Daher: Du bist gut, so wie du bist (wenn du anderen nicht bewusst schadest mit deinem Denken und Handeln). Sage es dir immer wieder!

Keiner kann sich ein (Vor-)Urteil über dich erlauben.

Niemand kennt dich so gut wie du dich selbst kennst in all den Jahren und auch das manchmal noch nicht, mir geht es so und sicher anderen auch. Sich selbst versteht man ja auch nicht immer.

Also keiner kann dich richtig einschätzen. Niemand lebt dein Leben, erlebte deine eigene spezielle Geschichte, hat deine Erfahrung gemacht usw. Umgedreht ist es auch so, du kannst andere auch nicht (vor)verurteilen.

Du bist gut, so wie du bist. Der andere ist es auch.

„Ja, aber", wirst du sagen, *„da sind noch Schwächen, die ich selbst an mir nicht mag."*

Das Annehmen der Schwächen, eine heikle Sache. Aber: sage es dir immer wieder, auch meine Schwächen gehören zu mir. Andere haben wieder andere Schwächen. Na und. Das ist nicht leicht, aber trainiere es, jeden Tag.

Es gibt keine Vollkommenheit. Sieh dich in der Natur um, kein perfekter Baum, keine perfekte Pflanze usw. Wir Menschen sind auch Natur. Keiner ist perfekt.

Nur, wenn dein Partner auch deine Schwächen liebt oder zumindest akzeptiert, ist es ein Seelenpartner, denn dann berührt er dich in deinem Innersten und nimmt dich so an, wie du bist. Jeder hat schwache und starke Seiten und schwache und starke Momente.

Aber: wer bewertet, was stark und schwach ist und was somit negativ und positiv ist? Niemand. Keiner hat das Recht dazu.

Aber, auch du darfst dich so annehmen, wie du bist. Das ist vielleicht die Grundvoraussetzung für einen Seelenpartner.

Sei du dir selbst erst einmal der Seelenpartner, und zwar in jedem Moment des Alltags. Ich denke, dann kann dich beispielsweise auch niemand verletzen.

Hinterfrage deine schlechten Gedanken, die du über dich selbst hast. Prüfe, ob diese wahr sind und ob diese wichtig sind.
So frage dich zum Beispiel, wenn du dich zu dick findest oder nicht schön genug, wieso du das denkst und woher kommt dies, evtl. nur aus der Werbung mit schönen schlanken Menschen?

Alles ist nur relativ. Es gibt (fast) immer zwei Seiten. Du bist gut so, wie du bist. Punkt.

Mit gutem Selbstwertgefühl bist du nicht so leicht angreifbar. Das erkennt der andere an deiner aufrechten Körperhaltung und dann traut man sich nicht, dich anzugreifen, verbal, also mit Worten, und auch körperlich. Mobbing passiert einem Menschen auch durch fehlendes Selbstwertgefühl.

Meist ist der Mobber (auch ohne gutes Selbstwertgefühl) selbst Opfer von Mobbing gewesen, zum Beispiel in der Kindheit, im Elternhaus, hat er Demütigungen erfahren, diese nicht verarbeiten können und gibt das nun weiter an andere, tritt sozusagen den Schwächeren.

Ähnlich wie beim Selbstwert, das ist der Wert, den du dir gibst, musst du dir dessen bewusst sein (das ist dann das Selbstbewusstsein). Wenn man über sich selbst weiß, was man an sich hat und was man leistet, ist alles einfach.

Doch oft ist dies in Momenten oder zeitweise nicht vorhanden. Wir sind nicht zu jeder Zeit „gut drauf".

Wir dürfen hier jedoch keine neuen Schutzmauern bauen, sondern in uns selbst ruhen lernen durch Auffüllen unserer realistischen und guten Gedanken über uns selbst.

Auch wenn jemand stark verletzt oder gedemütigt wurde von Menschen, denen wir, beispielsweise in der Kindheit sehr vertrauen und als Kinder abhängig sind von diesen Menschen, haben wir als Erwachsene sowieso, immer, die Wahl, wie wir mit dieser alten Verletzung umgehen und was wir daraus machen.

Nur muss uns erst einmal bewusst werden, dass diese alte Verletzung oder dieses Trauma für die heutigen zwischenmenschlichen oder/und gesundheitlichen Probleme verantwortlich sind.

Aber warum kämpfen wir gegeneinander schon am Arbeitsplatz, warum in der Schule (aber da sind wir noch Kinder und das klammere ich jetzt mal hier aus).

Als Erwachsene müssen wir uns fragen: Haben wir keine anderen Probleme, als uns ständig zu vergleichen und zu bewerten und zu bekämpfen, nur weil der andere auch eine andere Meinung hat, andere Klamotten trägt, anders redet, sich anders verhält?

Nein, scheinbar geht es uns zu gut, oder? Andere hungern auf dieser Welt, kämpfen jeden Tag ums nackte Überleben. Und was machen wir?

Wir bekriegen uns am Arbeitsplatz, unserer Existenzgrundlage! Warum sind wir Menschen so absurd? Wir müssen auch gar nicht so weit in die Welt schauen. Auch um uns herum gibt es schwer kranke Menschen, die froh wären, wenn sie ohne Schmerzen mal an die frische Luft raus könnten.

Wir vergessen dies alles so leicht. Wir bekommen es ja auch immer präsentiert durch die Werbung, wie wir sein sollen. Aber auch hier haben wir die Wahl, was wir uns ansehen, hören und was wir glauben.

Bedenken wir doch immer, wenn man andere Menschen sieht, man kennt nicht ihre Geschichte, ihren Werdegang und kann sie nicht beurteilen, nicht bewerten und nicht abwerten.

Auch dich selbst sollst du nicht immer beurteilen, bewerten und abwerten!

Du bist gut, so wie du bist. Aber schade niemandem. Nur dann bist du gut, wie du bist!

Liebe und Seelenpartner

Von Selbstachtung und Selbstliebe bis zur Liebe in einer partnerschaftlichen Beziehung

Wo Liebe ist, ist kein Hass. Das ist schon einmal ein guter Ansatz.

Selbstliebe wollen viele nicht hören, aber sagen wir mal Selbstachtung und Selbstannahme, sich selbst der beste Freund sein. Das ist schon viel, denn sich selbst so annehmen wie man ist, und Selbstachtung zu haben, ist auch mit Voraussetzung, um einen anderen Menschen zu lieben.

Wenn man wenig von sich selber hält, glaubt man nicht, dass man geliebt werden könnte. Aber jeder Mensch möchte gern in den Arm genommen werden, auch wenn es nur durch nette Blicke geschieht, die Achtung des anderen Menschen kann man unterschiedlich ausdrücken. Jeder will geliebt werden, auch die, die noch so cool tun.

Die starken Mauern außen herum verdecken nur tiefste Verletzungen. Aber innerlich sind wir alle sensibel. Die als

Kind oder im Laufe des Lebens stark an der Seele verletzten Menschen sind ebenso sensibel, nur eben mit Schutzmauern versehen. Nur geben sie es nicht zu, spielen den coolen Helden. Vielleicht sind gerade auch diese Menschen mehr sensibel, ich will nicht sagen hochsensibel. Sogar vor der Geburt, also in der Schwangerschaft der Mutter prägende negative Belastungssituationen, können daran beteiligt sein, wie es einem Menschen später gesundheitlich geht. Aber das ist alles noch nicht generell erforscht. Aber Fakt ist, sensibel sind wir alle, auch wenn wir es nicht zugeben.

Denk mal daran, wie du als Kind einen Teddybär geknuddelt hast. Du konntest ihm alles anvertrauen, deinen Weltschmerz, wenn dich keiner mehr verstand. Der Teddybär hat dich nicht bewertet, nicht abgewertet, sondern so angenommen, wie du warst. So wollen wir heute als Erwachsene auch angenommen werden und sehnen uns nach dieser bedingungslosen Liebe.

Wir sind im Inneren auch noch das gleiche Kind, nur weil wir größer gewachsen sind, sind wir dennoch gleich, zwar mit neuen Erfahrungen und Erlebnissen, aber immer noch fast gleich.

Sich selbst lieben, damit haben viele noch ein Problem. Aber sich selbst der beste Freund sein, ist ein guter Beginn und man kann sich dem Thema nähern.

Denk mal an das Verliebtsein. Wenn du jemanden magst und gern mit demjenigen zusammen wärst, und er dich dann auch will, fühlst du dich selbst großartig, kannst die Welt umarmen, lächelst den ganzen Tag und machst komische Sachen, aber egal, du bist so toll. Die rosarote Brille kann auch Vorteile haben und ist so gesund. Versetz dich in dieses Gefühl. Auch unschöne Tätigkeiten erfüllst du gern, sogar mit einem Lächeln. Körper, Geist und Seele profitieren von diesem Zustand, das Immunsystem wird gestärkt, die Durchblutung verbessert.

Sei einfach ehrlich zu dir selbst. Besonders am Anfang einer Beziehung ehrlich zu sein, ehrlich zu sich selbst und zu dem, was man möchte, ist entscheidend, und trotz rosaroter Brille notwendig.

Meine Werte dürfen auf Dauer nicht verhöhnt oder klein geredet werden. Ich muss mich wohlfühlen in dieser Partnerschaft, sonst ist es nicht passend für immer, auf Lebenszeit. Echte Liebe ist nur auf Augenhöhe möglich, geben und nehmen müssen sich ausgleichen. Man muss mit dem anderen über alles reden können, was einen bedrückt, ärgert, freut, einfach über alle Gefühle in uns. Wenn einer den Partner bevormundet (manche merken dies gar nicht), dann ist es keine Liebe. Ebenso wenig ist es Liebe, den anderen Partner in Krankheitstagen allein zu lassen, außer er möchte Ruhe. Echte Liebe ist, wenn man dem anderen nur das Beste wünscht von ehrlichem Herzen. Des Weiteren muss ich mir zu jedem Zeitpunkt sicher sein, dass der Partner ausnahmslos zu mir hält. Kannst du das über dich und deinen Partner behaupten?

Man möchte lange mit dem Partner zusammen sein und das bedeutet, auch gesund zu bleiben. Wenn man seinen Partner oder seine Partnerin zu dünn oder zu dick findet, kann dies auch Ausdruck für Bedenken hinsichtlich der Gesundheit sein und man sollte ehrlich darüber sprechen und nicht lästern über das Aussehen.

Ansonsten sind Äußerlichkeiten, die bemängelt werden (außerhalb der wirklichen Gesundheitsbedenken), auch kein Ausdruck von richtiger Liebe. Wenn ich am Aussehen meines Partners etwas auszusetzen habe, sollte ich zunächst überlegen, ob mein eigenes Aussehen dies rechtfertigt und ob hier meine Werte generell realistisch sind oder evtl. andere Gründe, wie Sorge um Gesundheit des Partners, vorliegen.

Umgekehrt, wenn ich Bemängelung des Äußeren durch meinen Partner erhalte und wenn es mich verletzt, was der Partner sagt, muss ich auch überlegen, warum es mich verletzt. Bin ich selbst mit mir nicht im Reinen, weiß ich im Innersten, dass der Partner recht hat?

Kann ich meinen Körper, mich selbst, so annehmen wie ich bin?
Wer richtig liebt, will, dass es dem anderen gut geht, egal zu welchem Zeitpunkt. Oft ist es wieder das verletzte, verbitterte innere Kind in uns, unser Ego, verletzter Stolz, was zum Vorschein kommt und zeigt sich in bösen Blicken, Beschimpfungen und Schuldzuweisungen, Kämpfen sowie krankhafte Machtdarstellung.

Wenn man jung ist, denkt man natürlich anders als im Alter von 40 Jahren und man weiß nie, was in 5 oder 10 Jahren ist. Auch die Werte und die Interessen bei mir und beim Partner ändern sich im Laufe eines Lebens. Das macht eine langjährige Beziehung so kompliziert. Aber es ist wichtig, am Beginn einer Beziehung meine Herzenswünsche und - werte zu beachten, zumindest bevor ich heirate oder eine feste Beziehung eingehen will.

Sei ehrlich zu dir selbst und du wirst dies ganz genau spüren.

Es gehören immer noch mindestens zwei dazu, ob es sich um eine Partnerschaft, ein Arbeitsverhältnis oder zwischenmenschliche Begegnungen generell handelt. Es ist, wie es ist und es soll so sein. So muss man es am Ende auch denken können.

Unsere unterschiedlichen Fähigkeiten

Ist Selbstliebe aus Selbstannahme möglich?

Wir werden mit bestimmten Fähigkeiten geboren. Ich denke hier an die Fähigkeiten, die unser Körper, natürlich in steter kooperativer Zusammenarbeit mit Geist und Seele, besitzt.

Jeder verfügt über Fähigkeiten und jeder wird gebraucht, auch du!

Nicht nur Mathematikasse oder Lehrer, nein, auch Müllfahrer, Sänger, Arbeitslose, Reinigungskräfte, Behinderte, Ärzte, Polizisten, Feuerwehrleute, Obdachlose, Pflegepersonal und die Liste ist endlos, haben jeweilige eigene Fähigkeiten und auch Talente. Ich habe die Aufzählung durcheinander gewürfelt, um keine Wertigkeit einzubringen. Wir brauchen dich als Einzelnen mit deinen Fähigkeiten und wir erfreuen uns an verschiedenen Talenten, Menschen, die uns zum Beispiel mit Musik, Malerei oder Sport begeistern. Du hast, wie jeder andere Mensch auch, ebenso Talente.

Ich brauche, und auch du brauchst, andere Menschen, denn du lebst nicht auf einer Insel mit Selbstversorgung.

Von jeher haben die Menschen auch nur in der „Sippe" überlebt, aber das nur am Rande und darum geht es mir jetzt nicht, vielmehr um die Fähigkeiten eines jeden Einzelnen.

Du bist gut, so wie du bist, behaupte ich jetzt einfach so. Auch durch dein Handeln und deine Leistungen, wenn du anderen damit nicht schadest, bist du gut. Selbst wenn ich keine große Durchsetzungskraft habe und mir nicht immer viel gelingt im Alltag (jeder Tag ist anders, jeder Moment ist anders), so zählen auch die kleinen Dinge. Misserfolge haben ebenso ihren Wert, denn das Lernvermögen daraus ist wichtig. Der Schein nach außen trügt oft, man muss hinter die Fassade schauen. Selbst große Erfolge haben ihre Schattenseiten. Alles oder fast alles im Leben hat zwei Seiten.

Wer andere bewertet und abwertet, macht das mit sich selbst auch und es geht einem dabei nicht gut. Überlege einmal, warum du es mit dir machst. Warum wertest du dich ab, das ist die Frage aller Fragen. Danach frage dich, warum du andere abwertest.

Du kennst den anderen nicht, vielleicht kämpft er gerade mit einer schweren Krankheit oder einem Verlust und du schätzt ihn völlig falsch ein, deutest seine Ausstrahlung oder seine Wortwahl falsch?

Ich wiederhole es noch einmal: Ein Moment als solches ist friedlich und neutral. Wir selbst sind neutral, nur machen wir es durch Bewertung kompliziert.
Aber nur einreden *„ich bin gut"* und *„ich muss positiv denken"*, reicht nicht. Ist vielleicht meine Daseinsberechtigung in Schieflage geraten? Diese wird in der Kindheit aufgebaut/angelegt.

Du bist gut, wie du bist gut! Punkt. Bist du dir dessen bewusst?

„Nein", lautet meist die Antwort.

„Warum nicht, was magst du denn nicht an dir? Weshalb findest du dich nicht wertvoll? Andersherum: was magst du an dir? Nichts?"

Das stimmt nicht, hundertprozentig nicht.

„Du findest im Moment nichts? Warum?"
Dann frage dich jetzt hier an dieser Stelle: was magst du im Leben? Ein Eis? Schokolade? Ja? Treffer. Gut.

Jetzt musst du bestimmt lachen oder verdrehst die Augen.

Wenn du dann also Schokolade oder Eis isst, dann freust du dich, lächelst, stimmts?

Das war gerade eine kleine Ablenkung für das Gehirn. Also nochmal, was magst du an dir? Na wenigstens, dass du lachst, wenn du Schokolade isst.
Du kannst lachen und sicher siehst du dabei soooo sympathisch aus. Jeder Mensch ist friedlich und schön, wenn er lacht. Also hast du mindestens eine Eigenschaft. Ich bewerte diese Eigenschaft aber nicht, teile sie nicht in „gut" oder „schlecht" ein, sie ist zunächst neutral. Dein Gehirn aber ist zu sehr im Negativmodus gefangen und gibt dir keine anderen Antworten momentan.

Dann gehe es mal langsam an. Leg dir Zettel und Stift hin und überlege den Tag über, was du an dir gut findest. Einfach so.

Sehen wir uns hier auch einmal in der Natur um: ein schief gewachsener Baum erfüllt seinen Nutzen wie alle anderen Bäume. Er spendet Schatten, nimmt Kohlendioxid auf und gibt Sauerstoff ab und erfreut uns mit seinem Grün, genauso wie ein nicht schief gewachsener Baum. Außerdem gilt es auch hier zu klären, wer denn sagt, was ist schief und was gerade, was ist richtig oder falsch?

Auch jeder Mensch hat Besonderheiten an sich, jeder Mensch hat schöne und weniger schöne Merkmale (Äußerlichkeiten und Charakter), es sind zwei Seiten der Medaille.

Warum fällt es den Menschen so schwer, das zu akzeptieren?

Warum müssen wir uns und andere Menschen im Alltag ständig bewerten und oft abwerten? Wir merken das nicht einmal, wie gesagt.

Das menschliche Gehirn ist bis ins hohe Alter änderungsfähig und somit auch die Denkweisen. Schubladendenken, Vorurteile, Bewertung, Abwertung (auch sich selbst, ohne dass man es merkt) sind nur einige Beispiele für negatives Denken.

Aber man kann nicht immer in positives und negatives einteilen, oft verfließen diese auch.

„Halt einfach mal die Klappe, du innerer Kritiker!", möchte ich mir immer öfter sagen, nehme ich mir vor! Manchmal ist man von seiner eigenen Denkweise absolut überzeugt. Manchmal ist man stur und beharrt auf seiner Meinung. Doch das bringt uns im Zusammenleben und im Alltag nicht weiter. Diplomatie und aufrichtige Kommunikation mit anderen Menschen sind so wichtig im alltäglichen Leben.

Wer sagt, was richtig oder falsch ist? Wer sagt, dass ich und du immer richtig denken müssen?

Keiner.

Jeder Mensch ist wertvoll, jeder Mensch ist anders, es gibt keine völlig übereinstimmenden Zwillingsmenschen.
Es gibt keine Norm, wie ein Mensch zu sein hat und wie nicht. Die Werbung will uns zwar oft zeigen, wie alles so zu sein hat, aber jeder Mensch hat auch hier die freie Wahl, zu entscheiden, was er braucht und was nicht, wie er sein will und wie nicht.

Selbstfürsorge

Gib dir, was du wirklich von Herzen brauchst! Sorge für dich und dein Inneres liebevoll! Das ganze Jahr über! Fange jetzt schon damit an, zu Weihnachten und an den Feiertagen - nicht erst Silvester oder als Vorhaben für das kommende Jahr.

Selbstfürsorge kann auch ein anderes Wort für Selbstliebe sein, aber auch für einen Partner kann ich liebevoll sorgen. Ich kann aber nicht verlangen, dass ein anderer Mensch mich glücklich macht. Ich kann nur verlangen, dass man mich nicht abwertet und verachtend mit mir umgeht. Aber auch da muss ich mich fragen, warum mich mein Partner oder ein anderer Mensch abwertet (Narzisst und Opfer des Narzissten). Keiner wird als Narzisst geboren und keiner als Opfer des Narzissten, es ist alles mit der Prägung im Kindesalter und Verletzungen/Demütigungen verbunden.

Wenn ich mich selbst mag, auch mit meinen Verletzungen und Schwächen, dann kann ich auch liebesfähig werden. Sei du dir zuerst dein eigener Seelenpartner, kümmere dich liebevoll um das, was du von Herzen brauchst.
Finde heraus, was dein Herz wirklich braucht!

Wir kaufen teure Autos, für die Autos das beste Pflegemittel, den besten Treibstoff, aber was machen wir für uns? Wir hetzen durch das Leben, um diese (teils erträumten teuren) Gegenstände irgendwann einmal besitzen zu können, sind dann teilweise krank und können das dann sowieso nicht genießen.

Kümmere dich um dich, jeden Tag!

Überlege, suche, spüre und fühle, ob dir etwas guttut. Aber bedenke auch hier, dass jeder Mensch anders ist und unterschiedlich reagiert und umgeht mit Kummer. Lass dich nicht überreden und „überrumpeln".

Ich denke, wir müssen die Zeit wieder mehr an uns anpassen und wir uns nicht an sie. Das Hamsterrad zu stoppen gilt es, um wieder ein besseres Lebensgefühl zu bekommen.

„Egal was ich mache, es bringt ja sowieso nichts." Du arbeitest hart mit angezogener Handbremse! Dann ist es, auch bei Maschinen, so, dass sie durchbrennen. Wir sind aber Lebewesen und keine Maschinen (selbst Maschinen müssen gewartet und gepflegt werden). Wenn wir uns und unsere Gesundheit (Körper, Geist und Seele) nicht warten und pflegen, brennt bei uns sozusagen auch etwas durch.

Bist du müde, dann frage dich, will mein Körper und meine Seele jetzt Ruhe? Klar, auf Arbeit kannst du dich nicht hinlegen, aber mindestens tief durchatmen und ggf. auch etwas langsamer zu arbeiten, ist wichtig. Denn, wenn du müde bist, lässt die Konzentration nach und Fehler schleichen sich schneller ein. Das ist eigentlich auch klar, oder?

Wenn du müde und zu Hause bist, dann lege dich hin, gib deinem Körper und deiner Seele Ruhe, denn es gibt kein Maß, wie oft und wie lange ein Mensch dies braucht.
Kein anderer Mensch kann es dir vorschreiben, du hast deinen eigenen Rhythmus! In der Ruhe kommen ggf. auch neue gute Ideen oder Lösungen von Problemen, Kreativität usw.

Sich selbst so wie man ist wertvoll zu erachten, ist der beste Schutz gegen das Ausbrennen. Das ist leichter gesagt als getan. Nicht nur das Thema Selbstwert auch die anderen Themen Traurigkeit, Schlafstörung usw. finden sich beim Burnout, der Erschöpfung von Körper, Geist und Seele, dem Totalzusammenbruch. Ich will hier auf die anderen vorangegangenen Abschnitte (Themen) nicht noch einmal eingehen, um Wiederholungen zu vermeiden.

Wollen wir nun das Hamsterrad endlich etwas bremsen?

Selbst nach einem Urlaub ist alles spätestens nach einer Woche im Alltag schnell wieder wie vorher und das Hamsterrad dreht sich unermüdlich weiter und immer schneller.

Immer schneller, höher, weiter in unserem Leben – wo soll das hinführen?

Wir Menschen sind, auch wenn wir uns immer neu anpassen, nicht in der Lage den Geschwindigkeiten von Entwicklungen unbeschadet so schnell zu folgen.
Neue Entwicklungen sind Fluch und Segen zugleich. Das richtige Maß der Anpassung ist hier sehr wichtig.

Du willst perfekt sein, perfekt gibt es aber nicht, glaube mir. Du brauchst dringend wieder ein Gefühl dafür, wann deine Grenze erreicht ist und du rechtzeitig vorher einen Gang zurückschalten müsstest.

Dein Körper sagt es dir, du kannst und musst nur darauf achten. Nur so wirst du wieder täglich mehr Lebensfreude bekommen.

Ein gesundes Maß zwischen Ruhe und Forderung zu finden, ist eine Herausforderung. Ebenso ist es oft schwer, sich selbst so anzunehmen, wie man eben ist. Dabei ist gerade das so wichtig, denn es gibt immer negatives und positives, niemand ist perfekt und du musst es auch nicht sein.

Schreib dir vielleicht einen Plan, eine Liste, was du unbedingt erledigen musst und schaffe somit Prioritäten. Denn wenn du krank bist, kannst du vieles auch nicht erledigen.

Beobachte das Grün vor dem Haus (wenn du sehr krank bist und nicht hinaus kannst, dann auch durch das Fenster schauen), geh in die Natur spazieren, wandern, Rad fahren oder joggen oder was dir Freude macht. Ja, du darfst dich freuen bei deinen Aktivitäten.

Atme tief ein und aus. Besonders in der Natur, im Wald, ist das Atmen durch die vielen Aerosole gesund.

Das Grün wirkt entkrampfend für Körper, Geist und Seele. Lass Gefühle und Emotionen zu, lache und weine.

Wenn du müde bist, zeigt dir dein Körper damit etwas, nämlich, dass er echt Ruhe braucht.

Vielleicht will (und muss) dein Körper eine bevorstehende Erkältung und Viren abwehren.
Die Bekämpfung durch seine Selbstheilungskräfte, bevor die Erkrankung ausbricht, ist auch anstrengend für den Körper und bedarf der Schonung.
Dieser Aspekt wird generell noch zu sehr unterschätzt.

Lass deinem Körper Zeit, wenn er müde ist, denn er arbeitet unentwegt für dich und regeneriert sich ganz im Hintergrund. Ja, wir haben echt verlernt, auf diese ganzen Signale unseres Körpers zu achten.

Nimm Müdigkeit ernst und pusche dich nicht mit Kaffee auf. Auf Arbeit kannst du dich ja kaum hinlegen, aber arbeite etwas langsamer und atme tief durch, wenn es nicht anders für den Moment geht.

Wenn du dich gerade allgemein sehr schlapp fühlst, dann beginne einen Spaziergang ganz langsam und steigere es so, wie den Körper sich gut dabei fühlt.

Aus der Not heraus entsteht auch Gutes und es können Wunder geschehen, nicht nur Weihnachten, sonders das ganze Jahr ist voller Liebe. Glaube daran.
Lass es einfach Gutes auf dich zukommen und sei offen dafür, glaube an das Gute, versuche es!

Alles Liebe und alles Gute für dich.

Noch ein paar Bemerkungen zum Schluss:

Ich bin bestimmt nicht klüger als du, aber ich hatte viel Zeit zum Nachdenken während Erkrankung. Ich bin kein Arzt oder Therapeut. Du selbst bist verantwortlich für dein körperliches, geistiges und seelisches Wohlbefinden.

Ich gebe hier in diesem Buch meine Erfahrungen weiter, nach bestem Wissen und Gewissen. Mir liegen die Menschen am Herzen und ich möchte anderen helfen, das Leben lebenswert(er) zu machen.

Generell gilt: Gegen etwas mehr Lebensfreude im Alltag ist doch nichts einzuwenden?!

Mein Motto nun, nach all den Erfahrungen: Es gibt (fast) immer mindestens zwei Seiten und auch einen zweiten Weg aus der Misere, doch manchmal sieht man (noch) nicht einmal den ersten Weg der Lösung.

Hinterher ist man immer schlauer…

Fühle in dich hinein, was sich wirklich gut anfühlt. Versuche es, denn manchmal spürt man es auch nicht gleich. Versuche zur Ruhe zu kommen, der Alltag ist voll von Ängsten und Sorgen und Ablenkungen.

Du bist gut, und zwar so, wie du jetzt bist. Glaube an dich und gib dir (Selbst-)Liebe.

Alles Gute für dich und denke daran, du bist nicht allein, es geht vielen wie dir.

Ich hoffe und wünsche es dir von ganzem Herzen, dass du immer deinen guten Weg findest, nicht nur zur Weihnachtszeit, immer, das ganze Jahr in Liebe, auch wenn es dir (zeitweise) nicht gut geht.

Wir brauchen mehr Pausenwege in unserem Alltag!

Wenn du magst, dann besuche mich gern auf meiner **Internetseite: www.pausenwege.de.**

Du kannst mir gern Fragen stellen, Anregungen und gut gemeinte Kritik schreiben an meine **E-Mail-Adresse: pausenwege@web.de**

Gern kannst du mich auch auf YouTube hören, lesen und sehen (Podcasts und Videos mit Beschriftung/Untertiteln/Mantras, somit also auch für Seh- und Hörbeeinträchtigte Menschen geeignet): Mein Kanal heißt **Pausenwege**

Und mein **Podcast Spannung Schmerz Migräne Fibromyalgie** – einfach die Worte Spannung Schmerz eingeben und dann findest du meinen Podcast eigentlich schnell.

Platz für deinen Wunschzettel (für das ganze Jahr!)